Die eigene Geschichte und drei Mal Kampf gegen den Krebs

Mein Leben, wie es verlaufen ist, in verschiedenen Epochen, vom Ende der Zeit des Hitler-Regimes über die sozialistische DDR, mit der Ausreise aus dieser und den damit verbundenen Strapazen in ein Land, wo wir unser Glück finden wollten. Dabei habe ich erfolgreich den Krebs besiegt.

Für meine Kinder, Enkel und Urenkel eine Geschichte über die Zeit, die sich sehr verändert hat. Und für alle Menschen die stolz sein können, an einer Entwicklung teil zu haben, in langer Zeit in Frieden leben zu können.

Erika Schneider

Die eigene Geschichte

Wir bauen auf und reißen nieder,
dann haben wir unsere Arbeit wieder

Bibliografische Information der Deutschen Nationalbibliothek:
Die Deutsche Nationalbibliothek verzeichnet diese Publikation in der Deutschen Nationalbibliografie; detaillierte bibliografische Daten sind im Internet über http://dnb.dnb.de abrufbar.

© 2013 Erika Schneider
Überarbeitete und ergänzte Neuauflage 2017

Umschlaggestaltung, Herstellung und Verlag:
BoD – Books on Demand, Norderstedt

ISBN: 978-3-7392-5506-4

Inhalt

1939 Ich bin da	6
1945 Russische Soldaten	25
1947 Ein Klavier	33
1951 Karbidlampe	35
1953 Flüchtlingsfrau	38
1955 Erzgebirge Robert	41
1957 Hochzeit und 1. Tochter	46
1960 Urlaub auf Usedom	52
1961 Umzug nach Dresden	54
1962 2. Tochter	57
1965 Probleme mit Robert	59
1968 Arbeit zu Hause	61
1969 Gitta/meine Scheidung	66
1970 Kinderferienlager	74
1973 Universität Dresden	75
1974 Paul und Hanna	78
1977 Neue Firma/Phillip	84
1978 Wohnungstausch	94
1981 Straßenbahn/Niklas	97
1983 Fahrgast	105
1984 Verhaftung/Ausreise	107
1985 Meine Ausreise	116
1986 Hamburg	126
1987 Umzug/Maria	127
1988 Zurück nach Hamburg	130
1989 Ausreise der Kinder	134
1993 Hochzeit Ulrike+Julius	143
1997 Scheidung von Niklas	144
1998 Urlaub Ischia	146
1999 Rente, wieder Paul	150
2003 Martin	154
2008 Seniorenwohnung	158
Nachwort	162

1939

Ich bin Erika und wurde als zweites Kind meiner Eltern im Mai 1939 geboren. Meine Schwester war noch kein Jahr alt. Erst eine Woche später war ihr erster Geburtstag. Als wir größer waren, habe ich mich immer gefreut, dass meine Schwester eine Woche lang mit mir gleich alt war.

Das war eine anstrengende Situation für eine Mutti so kurz hintereinander ein zweites Kind zu haben. Aber da gab es noch eine Oma, die mithelfen konnte, die beiden Kleinen zu versorgen. Meine Schwester heißt Sylvia. Von unserem Vater hatten wir beide nicht viel, er musste ein halbes Jahr später in den Krieg ziehen, der im September begonnen hatte.

In unserer Gegend sagte man zur Mutter in den Familien Mutti. Die Mutti unseres Vaters war Oma Schönborn, weil sie in Schönborn lebte. Sie wohnte im Haus eines ihrer Söhne Artur und der Schwiegertochter Hedwig. Diese wiederum hatten zwei Kinder.

Einmal fuhren wir in den Ferien mit dem Fahrrad ein paar Tage zu Oma Schönborn. Das waren schöne Ferien. Oma Schönborn wohnte in einem sehr kleinen Bauerndorf. Dort gab es keine Tiere, dafür gab eine Glashütte. Die Menschen, die in dem Dorf lebten, arbeiteten in der Glashütte und hatten bis zum Krieg im September 1939 und

noch einige Jahre ein gutes Ein- und Auskommen. Manche waren im Büro beschäftigt und andere arbeiteten in der Glasbläserei oder Glasschleiferei. Heute erinnern mich noch ein paar vereinzelte Stücke in meiner Vitrine aus der Manufaktur/Glasbläserei an diese Zeit.
Oma Schönborn bewohnte ein größeres Zimmer. Es war gleichzeitig Küche, Wohnzimmer und ihr Schlafzimmer, mit ziemlich vielen Möbeln. Hinter einem Schrank war ein zusätzliches Bett, in dem ganz viele Sachen aufbewahrt wurden. Die Sachen gehörten unserer Tante, die Tochter von Oma Schönborn und deren Familie. Sie sind nach Kriegsende 1945 in dem Westen des geteilten Deutschland geflohen. Da der Onkel in der damaligen SS organisiert war, wurde er nach Kriegsende inhaftiert. Er wurde als Kriegsverbrecher angeklagt. Zu seinem Glück und mit etwas Geschick konnte er aus dem Gefängnis fliehen. Seine Flucht ist recht spektakulär. Es stand vor dem Gefängnisfenster ein großer Weidenbaum. An den langen geschmeidigen Ruten des Baumes, die er zu fassen bekam, konnte er sich über die Mauer schwingen. Den Fluchtplan musste er aber einem Familienmitglied mitteilen, damit alles reibungslos verlaufen konnte. Als seine Schwiegermutti ihn im Gefängnis besuchte, hatte er den Termin seiner Flucht in einen Löffel eingeritzt. Diesen Löffel hat er ihr unauffällig mitgege-

ben. Die Familie wusste also Bescheid und war auf die Flucht und den Erfolg bedacht. So klopfte es eines Nachts an unserem Schlafzimmerfenster, er stand lächelnd an unserem Fenster und bat unsere Mutti, den Termin seiner Zugreise seiner Frau zu übermitteln, damit sie zeitgleich mit ihren drei Kindern nach Hannover fahren konnten. Es hat auch alles reibungslos geklappt. Sie lebten seit dieser Zeit in Hannover.

Wenn wir in den Ferien bei unserer Oma Schönborn waren, haben wir im Bett der Tante geschlafen. Oma musste dann immer die Sachen zur Seite räumen. Aber nur so lange, bis sie alles abgeholt haben. Vor dem Bau der Mauer, die Ostdeutschland - die DDR, von Westdeutschland trennte, konnten die Verwandten ihre Angehörigen ohne große Probleme einfach besuchen. Wenn die Tante ihre Mutter besuchte, hat sie also ihre Sachen mit in die neue Heimat tragen können. Unsere Oma ging oft mit uns in den Wald. Es waren nur ein paar Schritte, an der Rückseite des Hofes war eine Mauer mit einem ganz kleinen Türchen. Hinter dieser Mauer waren die Bahnschienen und der Wald. Wir haben dort Holz gesammelt und konnten im Wald herumtoben. Wir haben verstecken gespielt und die Oma ab und zu erschreckt. Einmal hatte sie schon so viel Reisig und Holzknüppel gesammelt und kam zu dem Platz wo wir alles aufgetürmt hatten. Ich versteckte mich hinter einem Baum und erschreckte sie. Da ließ sie vor Schreck das ganze Holz fallen und riss die Hände in die Höhe. „Kind," schrie sie, „willst du, dass ich einen Herzstillstand erleide?" Ganz verschreckt stand ich da und erwartete eine Ohrfeige. Es kam aber keine. Wir haben bei unserer Oma in Schönborn ganz andere Sachen zu essen bekommen als zu Hause bei unserer Oma und Mutti. Denn Oma Schönborn war etwas ärmer als wir. Das hat uns aber nichts ausgemacht, denn es war neu und es schmeckte immer wunderbar. Manchmal kamen unsere Cousins vorbei und wir spielten „Mensch ärgere dich nicht", oder andere schöne Spiele wie Fangen und Gummitwist. Diese Ferienerlebnisse waren unsere schönsten, bis ich zwölf Jahre alt war, denn dann starb unsere Oma Schönborn.

Unser Laden, wie ich ihn kannte, war vor meiner Geburt eine Fleischerei. Der Großvater war Fleischer. Er verunglückte mit seinem Motorrad sehr früh, er wurde nur fünfundfünfzig Jahre alt. So gab es in unserem Haushalt keine männliche Person, weil unser Vater im Krieg war. Alle schweren körperlichen Arbeiten mussten die beiden Frauen allein erledigen und für die Tiere, die auf unserem Hof und Stall lebten, verschiedene Futter und Streumittel beim benachbarten

Bauern erarbeiten. Fast den ganzen Sommer war unsere Mutti beim Nachbarn beschäftigt Heu zu wenden, Getreide zu ernten und beim Dreschen des Getreides zu helfen. Unser Nachbar hatte einen großen Bauernhof mit Pferden, Kühen, Schweinen, Gänsen, Hühnern und noch mehr.
Die Erntehelfer aßen zu Mittag alle gemeinsam an einem langen Tisch. Einmal stand auf dem Speiseplan das Essen Pellkartoffeln und Quark. Unsere Mutti kam herein und sagte: „ Mhm mein Lieblingsessen". Einer der Knechte schimpfte: „Nee, kannste gleich ins Gesicht haben". Klatsch, hatte sie einen Löffel Quark im Gesicht. So hatten sie alle ihren Spaß. Für die Arbeiten auf dem Bauernhof bekamen wir als Lohn etwas Weizen und für unsere Tiere Stroh. Wir hatten eine ganze Menge Tiere. Ein Schwein, ca. 6 -7 Gänse, ein paar Kaninchen und etliche Hühner. Auch wir Kinder halfen sehr früh, die Tiere zu versorgen, auf dem Feld Kartoffeln hacken, den Stall ausmisten und Gras für die Kaninchen holen. Kam mir dann doch mal die Idee, wie bei Max und Moritz, den Hühnern etwas Brot mit Likör getränkt zu fressen zu geben. Ich präparierte also ein paar Krümel und legte mich mit meiner Schwester auf die Lauer. Diese dummen Hühner, sie fressen wirklich alles was man ihnen vor die Füße wirft. Wir lagen also auf dem Bauch im Gras und beobachteten die gackernden Hühner. Plötz-

lich fingen sie immer lauter an zu gackern und torkelten von einem Bein auf das andere. Dann viel das erste um, dann das zweite und so weiter. Natürlich haben wir dafür alle beide den Hintern ganz schön voll bekommen. Trotzdem lagen wir abends in unseren Betten und lachten noch über die ulkige Situation. Am nächsten Morgen gingen die Hühner wieder ganz normal über den Hof. Auf dem Boden hatten wir in einer abgeteilten Kammer mit unseren Spielsachen schönen Platz zum Spielen. Meine Schwester hatte ihre eigene Sprache. Manchmal rief sie mich, ich solle mit auf den Boden kommen, weil wir dort filzen (Puppensachen nähen) wollten. Einmal haben wir uns wegen irgendeiner Sache gestritten und ich gab meiner Schwester eine Ohrfeige. Wir liefen jeder in ein anderes Zimmer und waren richtig traurig. Jeder für sich wollten wir unseren Kummer vergessen. Dabei habe ich auf einem Kinderstuhl eine Puppe aus Kleidern, einem Ball als Kopf mit einem Kopftuch, gebastelt. Nach einiger Zeit kam meine Schwester zur Tür herein, um mit mir zu sprechen. Ich hatte mich unter dem Tisch versteckt. Da sie annahm, ich würde auf dem Stuhl sitzen, stieß sie die Puppe an und der Kopf viel herunter. Zuerst war sie erschrocken. Aber dann haben wir beide gelacht.

Jeden Morgen um sechs Uhr kam das Milchauto aus der nahegelegenen Stadt von einer Molkerei, um von den Bauern aus den umliegenden Dörfern ihre Milchkannen mit der frisch gemolkenen Kuhmilch abzuholen. Es war genau festgelegt, wie viel sie abzugeben hatten. Die Milch wurde in der Molkerei aufbereitet, teils entfettet, damit Magermilch entstand, es wurde Butter hergestellt und dann an die Geschäfte verteilt. Es gab also bei uns Magermilch oder Vollmilch zu kaufen. Die Käufer kamen mit ihren Milchkannen, und mit einem Maßbecher wurde die Milch eingefüllt. Außerdem gab es in unserem Laden auch Mehl, Butter, Zucker, Waschpulver, Zigaretten, Knöpfe, jede Menge Bonbons und andere Artikel des täglichen Lebens. Immer wenn ich durch den Laden ging, nahm ich ein paar Bonbons aus dem Schraubglas zum Naschen mit. Damit wir auch Fleisch essen konnten, hat unsere Oma ab und zu eins der Tiere geschlachtet. Wenn meine Oma geschlachtet hat, musste ich zuschauen, um zu lernen, wie man das Fell von den Kaninchen abzog, wie es dann ausgeweidet wurde. Am schlimmsten fand ich die Art der Gänse Schlachtung da habe ich mich immer ganz schnell aus dem Staub gemacht. Nun wurde eines Tages unser Schwein geschlachtet. Das Schwein hat schon gespürt, dass es jetzt um Kopf und Schnauze ging. Es hat gequiekt und geschrien. Ich habe mich auf unserem Dachboden versteckt und die Ohren zugehalten, weil ich die ganze Prozedur sehr grausam fand.

Auf dem Dachboden gab es Kisten, Truhen, Schränke und viele Behältnisse. Ich habe in den alten Schränken viele alte Sachen unsere Oma aus der Zeit der früheren Schützenfeste gefunden. Alte lange Röcke und Oberteile waren da zu finden. Meine Schwester und ich, wir haben uns dort manchmal verkleidet und Dame und Herr gespielt. Das Verkleiden und Kramen in den Kisten war meine Ablenkung von den blutigen Dramen im Schlachthaus. Trotzdem fand ich es interessant, in die Tiere hineinzuschauen wenn sie geschlachtet wurden. Dabei hat uns unsere Oma wie eine Anatomie Lehrerin alles erklärt. Sie hat uns alle inneren Organe gezeigt, wo Herz, Leber, Nieren, Magen und Därme im Körper des Tieres lagen. Auf unserem Dachboden fand ich einmal ein dickes Buch über die Körperlehre und über Krankheiten. Das war sehr spannend. Es waren viele Abbildungen anzuschauen. Und ich konnte feststellen, dass vieles beim Menschen wie bei den Tieren vorhanden ist.
Oma war überhaupt eine sehr vielseitige Frau. Sie hat in ihrer Kindheit alles gelernt, oder sie hat sich vieles durch ihre Beschäftigungen im Haus, als Mutter, als Geschäftsfrau usw. angeeignet.

Aber sie war auch eine sehr strenge Erzieherin. Als Kinder bekamen wir sehr oft und bei jeder Kleinigkeit Prügel. Manchmal mit der Hand, aber sehr oft mit dem Teppichklopfer. Einmal bekam ich auch einen richtigen Holzstock, der zum Anbinden von Beerensträuchern gedacht war, zu spüren. Ich hatte dann ziemlich viele blaue Flecken. Da wir kein Badezimmer im Haus hatten wurde ab und zu in dem ehemaligen Schlachthaus der große Kessel angeheizt. In einer großen Zinkwanne konnten wir dann baden. Als ich nun mit dem blaugeschlagenen Rücken in der Wanne saß, kam gerade eine Nachbarin auf unseren Hof. Unsere Oma holte sie in das Waschhaus und zeigte ihr meinen geschundenen Rücken. Zucht und Ordnung gehörte früher dazu. Das heißt, die Nachbarin sollte sehen, dass bei ihr alles gut lief. Ich hatte mich jedoch geschämt. Wir haben ihr aber sehr viel zu verdanken: Lebensweisheiten und viele Dinge, die in Haus und Hof zu machen sind. Da sie in unserer Dorfschule Handarbeiten unterrichtete, ging ich schon als kleines Mädchen mit. Dadurch lernte ich sehr früh Stricken, Häkeln, Sticken und Nähen. Zuerst wurden Topflappen gestrickt. Zum Geburtstag sollte unsere Oma nun zwei gestrickte Topflappen bekommen. Der erste Topflappen war schnell fertig. Doch der zweite dauerte und dauerte – es ging einfach nicht vorwärts. Bald war nun der Tag gekommen, an welchem Oma Geburtstag hatte. Meine Schwester und ich zogen an dem zur Hälfte fertigen Topflappen so dass er endlich in die Länge gedehnt war. Er war nun genau so groß wie der erste. Wir waren sehr stolz. Die Freude schlug in Staunen um, der Topflappen ist in der Länge wieder zusammengeschrumpft, als er gewaschen wurde. Aber wir hatten doch als Erstlingswerk unserer Oma ein schönes Geschenk gemacht. Es wurde fast alles selbst gemacht. So hatte unsere Mutti an Weihnachten jedem eine Puppe selbst geschneidert und jedes Jahr gab es an Weihnachten wieder ein paar neue Anziehsachen für die Puppen. Die Schwester meiner Mutti, unsere Tante Erika, hatte das Schneidern in ihrer Ausbildung als Haushalthilfe erlernt. Sie ist dafür sehr weit von zu Hause weggegangen. Ihre Ausbildung machte sie in Nürnberg bei einer Familie mit Kindern, die sie als Hausmädchen mit betreute. So schneiderte sie auch für uns immer Kleider. Wir waren dann gekleidet wie Zwillinge.

Eines Tages waren wir mit Oma unterwegs um Gras für die Kaninchen an Wegen und Straßen vor unserem Haus und den anderen Häusern mit einer Sichel abzuschneiden und in einem großen Korb zu sammeln. Oma hat die größeren Flächen mit einer Sense bearbeitet. Sie war gerade dabei das Gras beim Nachbarn gegenüber abzuschneiden, meine Schwester und ich sammelten es ein.

So hockten wir in dem Straßengraben und sahen, dass von weitem eine ältere Frau auf dem Fahrrad daherkam. Es war die „Krügern". Ich sagte zu meiner Schwester: „Wetten, dass ich mich von der Krügern überfahren lasse?" Sie wettete natürlich dagegen. Doch Schwupps, warf ich mich bäuchlings auf den Weg, und Frau Krüger fuhr, hopp, über mich drüber. Natürlich konnte sie das Fahrrad nicht mehr halten und landete im Straßengraben. Wir rannten wie der Wind davon, hockten uns ins Gras und haben uns vor Lachen den Bauch gehalten. Das war das einzige Mal, dass unsere Oma mich nicht geschlagen hat, obwohl ich doch etwas angestellt hatte. Vielleicht war die Situation für sie auch ein wenig lustig, da nichts passiert war. Ich glaube sogar, dass die Frau Krüger ein wenig lachen musste, weil wir so kess waren.

Zur Fleischerei gehörten damals außer dem Schlachthaus eine Räucherkammer und ein Eiskeller. Der Eiskeller war in der Scheune genau in der Mitte eingebaut. Es waren vier oder fünf gemauerte Abteile auf der rechten Seite eingerichtet, wo an Stangen das Fleisch angehängt wurde. Gekühlt wurde folgendermaßen: Im Garten hinter der Scheune war der Teich etwa fünfzehn Meter lang und zehn Meter breit. Dort wurde im Winter das Eis vom Teich in den Eiskeller im hinteren Raum gebracht, es kühlte und taute mit der Zeit. In der Außenwand des Eiskellers war ein Abfluss eingerichtet, durch welchen das Tauwasser in einen Graben abfließen konnte. Das Wasser kehrte wieder in die Natur, den Teich, zurück. Damit war der Kreislauf geschlossen. Lange nachdem der Eiskeller nicht mehr genutzt wurde war die Temperatur im Innenraum immer noch sehr niedrig. Wenn wir Verstecken spielten und uns in eine der schmalen Kühlkammern hockten, bekamen wir ganz kalte Füße. Das ehemalige Schlachthaus wurde später als Waschküche benutzt. In dem großen Kessel wurde die Weißwäsche gekocht, in einer Zinkwanne auf einem Waschbrett geschrubbt, damit alles schön sauber wurde. Wir nutzten dazu meistens Regenwasser. Es stand daher eine große Wanne unter dem Regenabfluss. Wenn die Wanne vollgelaufen war, haben wir sie mit Eimern ausgeschöpft und in der Waschküche in weitere Zinkwannen gelagert. Natürlich haben wir uns dabei mit großer Freude gegenseitig nass gespritzt. Wenn Waschtag war, wurden über den ganzen Hof Wäscheleinen angebracht. Damit die Wäsche nicht auf die Erde reichte und wieder schmutzig wurde, gab es Wäschestützen. Sie wurden mit der Gabelung am oberen Ende unter die Wäscheleine geschoben. Diese Stangen waren aus dünnen Bäumchen von Oma selbst hergestellt worden und kamen nach Ende des Waschtages in eine

Ecke in die Scheune. Natürlich hatten wir auch mit den Wäschestützen unseren Spaß. Wir rannten über den Hof und spielten Ritter bei einem Kampf. Ein Glück, dass nie etwas passiert ist mit den langen Stangen. Wäsche bügeln war eine recht schweißtreibende Arbeit. Wir hatten zuerst noch ein altes Bügeleisen, in denen ein Bolzen aus Eisen in der Glut im Küchenofen zum Erhitzen gelegt wurde. Dann wurde er mit einer Zange in das Bügeleisens getan. Man musste sehr flott über die Wäsche bügeln, weil sonst ganz leicht Verbrennungen des Stoffes die Folge war. Die Wäsche wurde mit Wasser eingesprengt, damit sie sich leichter bügeln ließ. Der Küchenofen wurde das ganze Jahr mit Holz und Brikett beheizt, weil Kochen, Braten und Backen dort erledigt wurden. An der Seite war ein gusseisernes großes Gefäß eingelassen, worin gleichzeitig das Wasser erhitzt wurde. So hatte man ständig warmes Wasser. Man konnte die einzelnen Ringe über dem Feuer herausnehmen, um direkt auf dem Feuer ein eisernes Waffeleisen zu stellen. Die Waffeln waren bei uns sehr beliebt.
Im Herbst gab es an den Pflaumenbäumen in unserem Garten hinter dem Haus viele Pflaumen. Die Pflaumen wurden gepflückt, dann entsteint und im Schlachthaus also in der Waschküche, in einem großen Kessel gekocht. Die ganze Nacht wurde gerührt, bis die Flüssigkeit der

Pflaumen einkochte und Pflaumenmus daraus wurde. Unsere Mutti stand deshalb die ganze Nacht an dem Kessel, und sie musste rühren und rühren. Es war ganz schön anstrengend, aber das Pflaumenmus schmeckte sehr köstlich. Man konnte ihn löffelweise essen ohne Brot. Zu dieser Zeit konnte ich eines Abends nicht schlafen, weil unsere Mutti noch nicht im Bett war. Ich denke, ich war so ca. fünf Jahre alt, denn ich schlief noch in einem Kinderbett. Aus irgendeinem Grund war mein Bein eingeschlafen, vielleicht lag ich schief und krumm. Plötzlich spürte ich ein Gefühl im Fuß als ob jemand an der Fußsohle krabbelte. Da ich mich schrecklich über die fremde Hand ängstigte, griff ich mit beiden Händen zu und biss in die Hand, die ich glaubte, erwischt zu haben. Ich merkte sofort, dass es meine eigene Hand war, in die ich gebissen hatte. Nun war an schlafen nicht mehr zu denken. Ich wollte Trost und stand auf und ging zu meiner Mutti hinaus ins Schlachthaus. Sie hatte eine Riesenkelle, die aussah wie ein Galgen, im großen Waschkessel und schob sie hin und her. Sie rührte wieder Pflaumen. Ich erzählte nichts von meinem Krabbelabenteuer. Sie schickte mich in ihr Bett, damit ich weiter schlafen konnte. Kaum lag ich im Bett kam wieder der „Krabbler" und rannte mit nackten Füssen durch das Schlafzimmer. Ich hörte seine Füße patsch, patsch auf dem Boden klatschen. Vor

Angst nahm ich allen Mut zusammen und versuchte ihn mit Schlägen auf die Bettdecke zu verscheuchen. Irgendwann schlief auch ich endlich ein.
Unser Vater war 1943 im Krieg gefallen. Seine Kameraden hatten sogar noch die Möglichkeit, ihn in einem Grab mit Kreuz zu bestatten, wovon bei uns auch ein Foto existiert. Ich konnte mich noch genau an die Nachricht seines Todes erinnern, obwohl ich erst viereinhalb Jahre alt war. Mutti und Oma saßen in der Küche und waren sehr traurig. Unsere Mutti erhielt folgendes Schreiben von der Front, welches ich noch im Original besitze:

Im Osten, den14.11.43
Hochverehrte Frau Schneider!
Ich muss ihnen die traurige Nachricht übermitteln, dass Ihr lieber Mann, der Obergefreite Willy Schneider. Am 12.11.43 sein junges Leben im Kampf für unseren Führer und für die Freiheit Großdeutschlands lassen musste. Getreu seinem Soldaten-Eid, sein Leben jederzeit für sein Vaterland einzusetzen, so kämpfte ihr lieber Gatte voll Mut und Tapferkeit.

Ich darf Ihnen versichern, liebe Frau Schneider, dass Ihr Gatte in der kurzen Zeit unseres Beisammenseins mein bester Kamerad war. Auf Grund seiner unbedingten Zuverlässigkeit und Treue, nahm ich ihn zu mir als Kompaniemelder. Mit seiner stillen, bescheidenen Wesen war er mir in den heißen Kampftagen ein lieber Gefährte geworden. Immer begleitete er mich in die Stellungen und niemals schreckte er vor einer schweren Aufgabe zurück. So kam die Nacht zum 12.11.43. Der Feind war im Vordringen auf unser Dorf, es bestand die große Gefahr, dass ein Zug von meiner Kompanie abgeschnitten und eingekesselt wurde, da musste ein Melder dem Zug die alarmierende Nachricht bringen. Diese Aufgabe konnte nur der zuverlässigste und mutigste meiner Melder machen. Freiwillig drängte sich Ihr lieber Gatte zur Überbringung dieses so wichtigen Befehls. Ungern ließ ich meinen besten Mann gehen, aber angesichts der großen Gefahr, musste ich ihn fortschicken. Meine besten Wünsche begleiteten Ihren lieben Gatten, freudig meldete er sich bei mir ab. Voll Sorge wartete ich in den plötzlich losbrechenden Schlachtenlärm auf meinen Melder, doch er kam nicht wieder. Als der Gegner dann unter hohen blutigen Verlusten im Gegenstoß wiederaus dem Dorf geschlagen war, schickte ich drei Mann auf die Suche, da brachten sie mir meinen toten Melder. Das war mir ein so

harter Schlag, wie ich selten in diesem grausamen Kämpfen gegen den Bolschewismus erlebt habe. Am anderen Tage haben wir unseren besten Kameraden auf dem Heldenfriedhof in Ust-Dolyssy zur letzten Ruhe gebettet. Ein Herzdurchschuss hatte das Leben eines jungen kämpferischen Mannes beendet.
So weh ich Ihnen tun muss mit dieser traurigen Nachricht, liebe Frau Schneider, so glauben Sie mir, wir fühlen mit Ihnen Die Kompanie wird den toten Helden nie vergessen. Möge Ihnen das Schicksal die Kraft geben, dass sie diesen Schmerz in Würde ertragen. Ihr Gatte gab sein Leben für uns und für die Größe und Zukunft unseres ewigen deutschen Volkes.
Zugleich im Namen meiner Kameraden spreche ich Ihnen meine wärmste Anteilnahme aus.
  Im tiefen Mitgefühl grüße ich Sie mit
  Heil Hitler
  Gez. Schweckendiek
  Hauptmann und Komp. F.

Später erfuhr ich von Tante Erika, dass unser Vater bei einem Fronturlaub seinen Hass auf diesen Krieg geäußert hätte. Sie meinte, sie würde eher darauf tippen, dass er hätte überlaufen wollen. Seine Schwester erzählte, dass unser Vater ein sehr ruhiger Typ gewesen wäre und demzufolge nicht zu Heldentaten fähig. Dieser Brief ist also kompletter Blödsinn, aber sie mussten so etwas schreiben. Während seines Fronturlaubes erinnere ich mich an eine nette Begebenheit. Er legte sich auf eine Chaiselongue in der Küche, und meine Schwester und ich saßen links und rechts neben seinem Kopf und kämmten ihm die Haare. Wir trugen damals modegemäß einen Hahnenkamm. Mit dem oberen Kopfhaar wurde über einen Kamm das Haar seitlich eingewickelt mit dem Schwänzchen nach hinten. Diese Frisur versuchten wir nun bei unserem Vater zu frisieren. Ich konnte mich sehr lange an sein Lächeln erinnern. Ich glaube, er war ein sehr ruhiger liebevoller Vater. Das haben uns auch seine Geschwister, unsere Onkels und Tanten, erzählt. Später erfuhr ich von einer Tante, dass unser Vater eine Klempner Lehre in Doberlug gemacht hatte. Während seiner Ausbildung wurde die Kirche in Doberlug saniert und auf dem Kirchturm die Ziegel erneuert. An der Spitze wurde eine Kugel angebracht wie auf den meisten Kirchtürmen. In diese Metallkugel deponierte man den Namen der Firma und die Namen der Handwerker, die dort gearbeitet haben. Gerne hätten wir eine Kopie von diesem Dokument als Andenken an unseren Vater erworben. Leider existierte die Klempnerei zum Zeitpunkt unserer Nachforschung nicht mehr. Der Bruder meiner Mutti, Erich, war in russischer Kriegsgefangenschaft. Als er eines Tages nach Hause kommen sollte, haben wir und seine Familie ihn vom Bahnhof abgeholt. Bei der Begrüßung nahm er alle, einen nach dem anderen in seine Arme sagte, dass gut wäre, dass er zu seinen fünf Kindern nun noch zwei Kinder mehr hätte, die ihn Papa riefen.

Meine Schwester Sylvia war in ihrer Kindheit eine kurze Zeit Schlafwandlerin. Mitten in der Nacht stand sie aus dem Bett auf und ging in die Küche. Unsere Mutti und Oma saßen noch in der Küche, die Tür ging auf, Sylvia kam herein und ging zum Küchenschrank. Sie nahm ein Tasse heraus, schaute diese von unten an, so als wollte sie den Herstellerstempel prüfen. Danach stellte sie die Tasse wieder in den Schrank und ging zurück ins Bett. Am nächsten Morgen wurde sie gefragt was sie mit der Tasse wollte? Sie wusste nichts davon. In einer anderen Nacht stand sie wieder auf, und versuchte, den Bettvorleger, ein Schaffell, als Jacke anzuziehen. Danach ging sie wie gewohnt zu Bett und schlief weiter. Eine Nachbarin erzählte, dass in solchen Fällen die Kleider einer Vogelscheuche, die auf den Feldern der Bauern standen, unter die Matratze gelegt, die Schlafwandelei beenden würde. Das hat tatsächlich geholfen. Unsere Mutti hat es praktiziert, und seit diesem Zeitpunkt ist Sylvia nicht mehr nachts aufgestanden.

1945

Im Frühjahr war der Krieg zu Ende. Bei uns marschierten die Sieger aus dem Osten ein. Viele Panzer und große LKWs rollten durch unser Dorf. Wir schauten ängstlich aus dem Fenster. In unserer Küche saßen meine Oma, meine Mutti mit uns Kindern und die Nachbarin mit Kindern. Zur Tür kam ein russischer Soldat herein, der am Hals eine Schnittwunde hatte. Er hatte einen Dolch in der Hand und sprach etwas auf Russisch. Keiner verstand es. Unsere Tante stand auf, und er ging mit ihr zur Tür heraus. Er schob sie vor sich her zum Nachbarhaus. Das Haus gehörte einem großen Bauern, dort waren die russischen Soldaten einquartiert. Wir liefen allesamt durch den hinteren Garten über die Felder in Richtung Wald, hinter welchem unsere Tante Erika lebte. Wir wollten uns dort verstecken, denn alle hatten große Angst vor den russischen Soldaten. Ich habe ununterbrochen mit pst, pst flüstern die Kinder ermahnt, nicht so laut zu weinen, denn man hätte uns hören können. Plötzlich kam die Tante, die der Soldat hinausgeführt hatte hinter uns her gelaufen. Ihr Rock und ihre Bluse waren zerfetzt. Sie sagte, sie konnte sich losreißen bevor etwas Schlimmes passieren konnte, hatte sich auf dem Treppenansatz umgedreht und war die ganzen Stufen heruntergesprungen und geflohen. Dabei hatte der Soldat mit dem Dolch nach ihr gestochen und auch die Strickjacke aufgeschnitten.

Als die Soldaten in unseren Laden kamen, hatte unsere Oma gerade einen Flüchtling bedient. Er war ein Jude. Die Russen hatten einen anderen Glauben und deshalb die Juden genau so verfolgt wie es die Hitler Anhänger damals in Deutschland praktizierten. Viele Juden waren in den Konzentrationslagern gelandet, erfuhren wir später in der Schule. Dort wurden die meisten von ihnen umgebracht. Der Jude hatte einen Korb voll Lebensmittel eingekauft und wollte gerade gehen. Der russische Soldat schüttete alles aus dem Korb und jagte den Mann davon. Ich stand in der Tür und hörte meine Oma protestieren, dass er doch alles bezahlt hätte. Aber der Soldat verstand es natürlich nicht, machte nur eine wütende Drohgebärde mit seiner Waffe.

Die Soldaten quartierten sich in vielen Häusern ein und benahmen sich wie die Wandalen. Eine Nachbarin wurde mehrmals missbraucht und saß danach weinend in unserer Küche. Die Frauen haben sich gegenseitig gestärkt und wieder aufgebaut. Wenn die Russen weiterzogen, nahmen sie alles mit was sie gebrauchen konnten. Auch aus unserem Haus beschlagnahmten sie die Fahrräder, trugen das Radio weg, vor allen Dingen Kleidung und unsere Kinderschuhe. Unsere Mutti, sehr mutig, wollte zur Tür hinaus um mit einem Hammer das Radio in den Händen des Soldaten zu zerschlagen. Aber unsere Oma hatte ganz schnell die Tür abgeschlossen, der Soldat zog die Waffe und wollte wohl auf meine Mutti schießen, sicher hätte er es getan. Sein Blick war so finster und böse, das werde ich nie vergessen. Die nächste Einquartierung blieb in unserem Haus etwas länger. Der russische Offizier hatte seine Frau dabei. Im ehemaligen Schlachthaus wurde für alle im Ort einquartierten Soldaten gekocht. Wir haben einmal die Nudelsuppe mit gegessen. Es waren so sehr zerkochte Bandnudeln, die klebrig in unserem Mund hin und hergeschoben wurden. Danach tranken die Soldaten immer Alkohol und sangen ihre Lieder. Wir sind ganz schnell weggelaufen, es war uns nicht geheuer. In unserem Dorf gab es außer einer Schule auch einen Kindergarten. Der Kindergarten war unmittelbar neben dem Schulgebäude. Die kleinen Kinder konnten am Vormittag den Kindergarten besuchen. Auch wenn die Mütter nicht berufstätig waren, konnten sie ihre Kinder in die Einrichtung bringen. Es war einfach eine Einrichtung für schöne Spielstunden der Kinder. Die Kinder lernten dort Lieder, kleine Gedichte, bastelten und machten Kinderspiele. Im Sommer wurden Kinderfeste veranstaltet. Die einzelnen Gruppen übten etwas Musikalisches oder ein Theaterstück ein. Die Eltern waren sehr stolz, wenn ihre Kinder etwas darbieten konnten. Als wir zur Schule kamen, waren immer zwei Jahrgänge zusammen in einer Klasse sonst wäre die Anzahl der Schüler in einer Klasse zu gering gewesen. Außerdem gab es nur drei Klassenzimmer. Später gingen die Kinder aus mehreren Dörfern zusammen gefasst in die Schule, damit der Unterricht sich nur auf einen Jahrgang beschränken konnte. Ab der fünften Klasse bekamen wir zusätzlich zu den üblichen Unterrichtsstunden auch Unterricht der russischen Sprache. Wer die Oberschule besuchte konnte auch die englische Sprache erlernen.

Um neue Waren für den Verkauf zu bestellen, kam ab und zu ein Reisender vom Großhandel zu unserer Oma und stellte sein Angebot vor. Er hatte Kurzwaren, Schulhefte, und manche kulinarische Lebensmittel wie Schokolade oder Ölsardinen angeboten. Irgendwie hatte meine Oma nach dem Kriegsende einige Waren, die ich später nie wieder in den Geschäften gesehen habe, eingekauft. Es gab die sogenannte Fliegerschokolade. Diese Schokolade war in kleinen runden Blechschachteln verpackt. Sie schmeckte uns natürlich am besten. Einmal wurde eine Holzkiste mit Ölsardinen angeliefert. Da ich früher als Kind nicht gern Fisch essen wollte, hat meine Schwester jeden Morgen zum Frühstück eine Dose Ölsardinen gegessen. Jedes Mal fragte sie mich, ob ich nicht mal kosten möchte. Ich konnte mich nicht entschließen, das zu tun. Endlich hatte sie die letzte Dose geöffnet, und ich war mutig und probierte ihren Leckerbissen. Es war wie ein Wunder. Es schmeckte ja überhaupt nicht wie die Heringe aus dem Fass, welche wir ebenfalls zum Verkauf im Keller stehen hatten. Selbst Schuld, rief meine Schwester, nun sind sie alle. Manchmal habe ich dreißig Jahre später Ölsardinen bei meinen Besuchen in Prag gekauft. Denn wir haben diese nie in unseren Geschäften in der DDR bekommen.

Für unseren Teich im hinteren Garten hat unsere Mutti eines Tages kleine Fische besorgt. Viele Frösche hatten sich ebenfalls angesiedelt. Wir haben uns auf den Bauch gelegt, um das Leben im Teich zu beobachten. Auf einmal entdeckten wir ein glitschiges Gebilde, was aussah wie Sago. Aber es bewegten sich kleine Punkte in jedem Sago Körnchen. Am nächsten Tag waren die Zappel Punkte schon größer. Wir beobachteten nun jeden Tag, was das werden sollte. Bis sich schwarze runde Kugeln mit Schwänzchen daraus gebildet hatten. Später kamen links und rechts vom Schwanz kleine Beinchen hervor. Wieder etwas später sahen wir auch vorn zwei Beinchen. Ganz kleine Frösche hatten sich entwickelt. Immer gab es etwas Neues auf dem Teich zu sehen. Wasserläufer flitzten auf der Wasseroberfläche dahin. Warum konnten sie auf dem Wasser laufen? Als die Fische groß waren, hat sich unsere Mutti ganz früh morgens an den Teich gesetzt und mit einer Angel bewaffnet, einige Fische gefangen. Als die Russen bei uns einmarschierten, haben sie eine Handgranate in den Teich geworfen. Alle Fische schwammen mit dem Bauch nach oben und waren tot. Wir konnten es nicht fassen, wie eine Granate so viele Fische mit einem Schlag töten konnten. Nun hatten wir erst recht große Angst vor den Soldaten. Im Winter, wenn der Teich zugefroren war, kamen einige Kinder mit Schlittschuhen zu uns. Da wir keine Schlittschuhe hatten, wurde vom Schmied in unserem Dorf eine neue Idee geboren. Er schmiedete aus einer fünfzig Zentimeter langen Eisenstange die Enden ungefähr fünfzehn Zentimeter um neunzig Grad nach oben. Dort wiederum hämmerte er die kurzen Enden etwas breit auseinander. Da wurden Löcher eingelassen, so dass Schrauben durch gingen, um die entstandene Kufe an ein Brett zu schrauben, auf welchem man sich hinkniete. Es wurden zwei nebeneinander angebracht, und fertig war der Eiskahn. Nun musste man noch zwei ungefähr fünfzig Zentimeter lange Stöcke mit einem Nagel als Spitze haben, oder der Schmied machte eine Hülse mit Spitze, die an den Stock befestigt werden konnte. Damit stießen wir uns ab und konnten Wettfahrten durchführen. Wenn mehrere Kinder mit Eiskähnen da waren, haben wir Eishockey gespielt. Rund um den Teich unter den Pflaumenbäumen saßen wir im Sommer auf einer Decke und spielten mit unseren Puppen. Wir hatten dabei immer viel Spaß. Wir nähten später aus Stoffresten Puppenkleider selber. Die Nadel steckten wir am Zaun in den Balken. Einmal hat ein Mädchen so sehr gelacht und sich dabei nach hinten geworfen, dass sie sich die Nadel durch die Ohrmuschel gestochen hat. Aber wir haben das ohne Probleme selbst erledigt und die Nadel wieder herausgezogen. Jedoch, als wir dann alles wieder zusammenpackten, haben wir die Decke ausgeschüttelt, weil sie voller Fäden war. Da ging etwas Plumps im Wasser. Die Schere war beim ausschütteln der Decke ins Wasser gefallen. Natürlich haben wir aus Angst vor neuen Schlägen nichts davon unserer Oma erzählt.

In unserem Nachbarort befand sich eine Mühle, wo die meisten Leute ihr selbstgeerntetes Korn zu Mehl mahlen lassen konnten. Meine Schwester und ich marschierten mit einem Handwagen und einem Sack Korn zum Müller um dafür Mehl zu bekommen. Auf dem Rückweg begegneten wir einem Mann mit dem Fahrrad. Nein, ich lege mich nicht nochmal auf den Weg und lasse ihn über mich hinwegradeln. Er fragte uns nach dem Haus einer Frau in unserem Dorf. Meine Schwester vorn am Handwagen, ich stand an dem Handwagen hinten damit ich den Wagen schieben konnte. Sie stand ganz starr, sagte kein Wort und rannte plötzlich los. Ich lief mit ihr, so schnell wir konnten. Als wir den Mann nicht mehr sahen, blieben wir außer Puste stehen. Ich fragte meine Schwester, warum sie denn so renne. Da erzählte sie mir, dass der Mann seine Hose offen hatte und „sein Ding" ihm aus der Hose hing. Ich glaube ich habe damals nicht verstanden, was das zu bedeuten hatte.

1947-1950

Als ich acht Jahre alt war, hatte unsere Mutti bei einem Geschäftsmann ein Klavier gekauft. Das Klavier war ein wunderschönes altes Teil. Die Füße waren wie Löwenfüße geformt. Leider konnte es wegen des hohen Alters nicht auf richtige Tonhöhe gestimmt werden. Im Nachbardorf lebte ein Musiklehrer. Er kam sofort zu uns und stimmte das Klavier. Es hatte einen wunderschönen vollen Klang. Auch wenn es ein und einen halben Ton tiefer gestimmt werden musste, war der Klavierlehrer zufrieden. Man konnte nur nicht mit anderen Instrumenten zusammen musizieren. Zum Klavierspiel erlernen war es durchaus geeignet. Ich hatte sehr viel Spaß beim Klavier spielen. Manchmal nervten natürlich die Übungen, doch irgendwie habe ich es immer wieder geschafft. Am liebsten spielte ich Schlager die wir im Radio hörten, und wir sangen dazu aus voller Kehle. Die Leute, die zum Einkaufen in den Laden kamen blieben oft stehen und amüsierten sich über unsere kleinen Konzerte. Der Klavierlehrer kam zu uns nach Hause zum Unterricht. Manchmal kam er zu Tür herein und sagte: „Aha, deine Zöpfe hast Du heute vorn liegen, du hast also nicht gut genug geübt". Aber sonst war er ganz in Ordnung. Da er sehr viele Instrumente beherrschte, hatte er einen richtigen Kultur- und Musikkreis gebildet, der aus einem Orchester, einem Chor und einer Tanzgruppe bestand. Im Orchester spielte ich nun noch die Alt-Blockflöte. Es gab Streichinstrumente, Mandolinen und viele Blasinstrumente. Mit dem gesamten Aufgebot nahmen wir an einem Bezirks-Wettbewerb teil und erreichten dabei den zweiten Platz. Wir waren alle sehr stolz auf diese Auszeichnung.

Jedes Jahr veranstalteten wir vor Weihnachten einen Vorspielabend für alle Musikschüler. Jeder Schüler wurde vorgestellt und konnte dann ein kleines Konzert spielen. Bei dieser Gelegenheit kam eine Kontrollgruppe aus der Bezirksverwaltung, um zu sehen bzw. zu hören, was wir gelernt hatten. Einmal spielte ich den „Persischen Markt" (Song of India) aus der Oper Sadko von N. Rimski Korsakow. Mit der linken Hand spielte ich auf dem Klavier eine Oktave tiefer. Mein Klavierlehrer merkte dies sofort und ging an der Bühne vorbei und flüsterte „linke Hand eine Oktave…" ich, ohne langem Zögern setzte ich die Hand auf die richtige Position und spielte unbeirrt weiter. Meine Mutti hatte es nicht bemerkt, obwohl ich dieses Stück so oft üben musste. Ich glaube dass es auch sonst niemand gemerkt hatte.

1951

An unseren Fahrrädern hatten wir anfangs Karbidlampen. Diese Lampen gaben ein sehr diffuses Licht, man konnte in der Dunkelheit die Straßen zwischen den Dörfern nicht gut erkennen. Einige Straßen waren nicht befestigt, es waren einfache Sandstraßen. Als wir eines Tages mit unserer Mutti von einem Ausflug zur Oma Schönborn zurückkamen, fuhren wir durch das ehemalige Kohle Abbau Gebiet. Dort wo durch den Tagebau viele tiefe Gruben entstanden waren, hatte sich das Wasser angesammelt. Es waren kleine Seen entstanden. Wir radelten fröhlich im schummerigen Licht der Fahrradlampen und sangen dabei ein Lied. Wir hatten nicht richtig aufgepasst und sind durch das schlechte Licht unserer Fahrradlampen vom Weg abgekommen. Plötzlich rief unsere Mutti ganz laut: „Halt!" Wir standen am Rand vor einem dieser Wassertümpeln es war richtig ein kleiner See. Bestimmt wären wir abgestürzt und hineingefallen und jämmerlich ertrunken. Als ich 13 Jahre alt war, erkrankte unsere Mutti an Brustkrebs. Sie wurde zwei Mal im Krankenhaus operiert. Man konnte uns damals nicht sagen, wie ernst es um sie steht. So oft es ging, besuchten wir sie im Krankenhaus. Wir fuhren mit den Fahrrädern diese Strecke von ungefähr zwölf Kilometern und hatten jedes Mal einen Blumenstrauß aus unserem Garten mit. Als unsere Mutti aus dem Krankenhaus entlassen wurde, konnte sie sich kaum ausruhen. Immer ruhelos, musste sie irgendeine Sache erledigen. Statt sich zu erholen ging, sie viel zu früh bei unserem Nachbarn das Heu mit einfahren, da es durch den Regen verdorben wäre.

Inzwischen hatte ich beim Klavierunterricht auch ein Heft für Übungen aus der leichteren Unterhaltungsmusik bekommen. Dabei war als Konzertstück der Titel „La Paloma" für mich am interessantesten. Es war Muttis Lieblingssong. Wie alle Leute dieser Altersklasse kannte sie den Film mit Hans Albers und seinem Lied La Paloma. Mein Klavierlehrer fragte mich, was ich denn zum nächsten Vorspielen einstudieren möchte. Ich wünschte mir dieses Stück. Leider war unsere Mutti wieder im Krankenhaus gelandet. Ihr Zustand hatte sich nicht gebessert. Da versprach der Arzt im Krankenhaus, dass er sie zum Vorspielabend mit dem Auto hinfahren würde. Auch das hat nicht geklappt. Unsere Mutti hatte den Kampf gegen den Krebs verloren. Sie starb zwei Tage vor dem Vorspielabend. Ich konnte nicht an diesem Abend teilnehmen. Später erzählte irgendjemand, dass der Klavierlehrer an der Stelle, als ich spielen sollte, eine Ansage darüber gemacht hatte. Ich habe nie wieder La Paloma gespielt, auch später, wenn wir zum Tanzen gingen habe ich nicht zu diesem Stück tanzen können.

1953

Auf der gegenüber liegenden Seite unserer Straße wohnte eine Flüchtlingsfrau. Als unsere Mutti wegen ihrer Krebsoperation ins Krankenhaus eingewiesen wurde, begleitete sie uns dorthin. Auch als Mutti später im Krankenhaus verstarb begleitete sie uns.

Als in Berlin die sogenannten CARE Pakete verschickt wurden, fuhr die Flüchtlingsfrau mit mir dort hin. Diese Nahrungsmittelpakete, die Ende des Zweiten Weltkrieges im Rahmen von amerikanischen Hilfsprogrammen nach Deutschland geschickt worden sind waren eine echte Hilfe. Beim Umsteigen wurden wir im Warteraum von Beamten des Zoll kontrolliert. Viele Leute mussten ihre gerade erhaltenen Waren abgeben. Wir hatten Glück, weil meine Begleiterin den Beamten erklärte, dass ich eine Waise wäre und sie hätte mich nur bei dieser Reise nach Berlin begleitet.

Ich machte in unserem Dorf den Schulabschluss der achten Klasse zu Ende. Von 1953 – 1955 besuchte ich die Oberschule in unserer Kreisstadt und konnte während der Woche im Internat wohnen. Wir waren vier Mädchen in einem Zimmer, und jedes Zimmer hatte noch ein Arbeitszimmer, wo wir unsere Hausaufgaben erledigen konnten. Wir mussten am Abend um zweiundzwanzig Uhr im Hause sein danach wurde die Haustür abgeschlossen. Es gab eine Lautsprecheranlage im Internat. Was wir nicht wussten, mit dieser Anlage wurde nicht nur Musik und wichtige Durchsagen an die Zimmer übertragen. Sie ließ sich auch in die andere Richtung nutzen. Das heißt, der Internatsleiter konnte auch die Gespräche in den Zimmern abhören. Dadurch wusste er genau wer etwas vor hatte oder sich zu einem Rendezvous traf. Einmal wurde ich nach einer Tanzveranstaltung von einem Jungen nach Hause ins Internat begleitet. Wir gingen durch einen Park auf verschlungenen Wegen entlang und blieben stehen, um uns zu küssen. Die Zeit verging zu schnell und wir kamen natürlich etwas zu spät am Internat an. Ich musste nun leider beim Internatsleiter klingeln weil die Haustür abgeschlossen war. Er öffnete mir die Tür und fragte, wieso ich zu spät käme. Ich stammelte, dass ich mit Gisela nach Hause gegangen war und sie dann verloren hätte. Ich hätte auf sie gewartet, aber sie kam nicht. Er antwortete mit einem Grinsen im Gesicht: „Aha, du bist dann auf diesem und jenem Weg durch den Park gelaufen, um sie zu finden". Er passte genau auf, er hatte uns beobachtet. Damals war ich entsetzt und fand das sehr peinlich und richtig gemein. Aber eigentlich hatte er in Pflichterfüllung gehandelt um uns zu beschützen.

Die Oberschulzeit verging wie im Flug. Ich hatte irgendwann einen Freund, bei dem ich an manchen Nachmittagen zu ihm nach Hause ging. Die Familie war sehr musikalisch und hatte ein richtiges Musikzimmer. Wir spielten auf dem Klavier zusammen vierhändig. Einmal spielten Michael und ich oder manchmal seine kleine Schwester Marlies und ich auf dem Klavier. Die kleine Marlies war erst 8 Jahre alt und wir gingen im Sommer alle drei zusammen in ein Freibad zum Baden. Da ich noch nicht schwimmen konnte, haben die beiden mir das Schwimmen beigebracht. Zuerst paddelte ich mit dem Schwimmring wie ein Hündchen im Wasser doch als ich dann schwimmen konnte bin ich ihnen immer davongeschwommen. Wir hatten viel Spaß. Leider ist diese Freundschaft nach dem Abschluss der Oberschule zu Ende gegangen. Ich verbrachte erst die Ferien und dann meine Ausbildungszeit bei meiner Tante im Erzgebirge. Sie hatte mich zu einer Ausbildung in der Krankenpflege an der Medizinischen Fachschule angemeldet.

1955

Tante Erika und mein Onkel hatten einen inzwischen achtjährigen Sohn, Hellmuth. Nun sollte ich bei ihnen wohnen und leben. Alles war neu für mich. Die Häuser waren Anfang der fünfziger Jahre entstanden. Alles war etwas moderner gebaut als auf dem Dorf oder in unserer Kreisstadt. Es gab in den Wohnungen Badezimmer mit Kohlebadeofen, im Wohnzimmer und im Kinderzimmer befanden sich Kachelöfen diese wurden im Winter mit Kohlen beheizt. Gleich in den ersten Tagen, als meine Tante verreist war, lehnte ich mich auf die Fensterbank und schaute heraus. Es kamen zwei Burschen vorbei und sprachen mich an. Der eine wohnte im Nachbarhaus. Da ihm die Familie meiner Tante bekannt war, hatte er sofort einen Grund, mich anzusprechen. Na, bist du zu Besuch hier? Ich war sehr überrascht, dass mich dieser Neunzehnjährige in ein Gespräch verwickelte. Ich war bisher nur arglose Unterhaltung mit gleichaltrigen gewöhnt. Er lud mich nach wenigen Tagen zu einem Spaziergang ein. Und so entwickelte sich nicht nur eine Freundschaft, es entwickelte sich nach einigen Monaten für uns ein ernsthaftes Verhältnis und meine erste richtig große Liebe. Wir küssten uns ganz verliebt, und bald wollte Robert natürlich auch mit mir mehr Zärtlichkeiten austauschen.

Eine völlig neue Situation für mich. Zum Glück ließ er uns Zeit und akzeptierte meine Weigerung mich ihm so schnell hinzugeben. Mit meinem kleinen Cousin tobte ich im Garten über die Schuppendächer und fuhr mit ihm Tretroller. Später erfuhr ich, dass meine zukünftige Schwiegermutti entsetzt war, dass ihr Sohn so einen Wildfang als Freundin hatte, die noch gar keine richtige Frau war. Mein Onkel war ein recht bösartiger Mensch, weil er sehr oft im Alkoholrausch nach Hause kam. Dann schlug er seine Frau und warf einmal einen Topf mit Essen aus dem Fenster. Meine Tante nutzte die Gelegenheit, meiner Anwesenheit und fuhr mit meinem Cousin mal wieder zu ihrer Mutti, meiner Oma. Während dieser Zeit sollte ich das Mittagessen für meinen Onkel und mich zubereiten. Die ersten zwei Tage habe ich das auch getan. Am dritten Tag kam aber mein Onkel erst am Abend nach Hause und war betrunken ins Bett gegangen. An einem anderen Abend brachte er noch zwei Freunde mit. Mit denen spielte er Karten bis in die Nacht. Er kam dann im Laufe des Abends in mein Schlafzimmer und forderte mich auf, mit zu seinen Gästen zu kommen. Da ich schon geschlafen hatte, war ich sehr erschrocken und schrie ihn an: „Verschwinde aus meinem Zimmer". Instinktiv schloss ich meine Tür von innen ab. Diese Reaktion war genau richtig. Viel später erfuhr ich, dass er schon einmal wegen Belästigung Minderjähriger in Haft war. Wer weiß schon, ob er nicht wieder handgreiflich mir gegenüber geworden wäre. Als ich einmal etwas spät von der Familie Roberts zu ihnen nach Hause kam, klingelte und sie weckte, weil ich keinen Schlüssel hatte, kam er an die Tür und schickte mich wieder weg. Ich solle da hingehen, wo ich bis jetzt gewesen wäre. Was sollte ich nun tun? Ich setzte mich bei Robert im Haus auf die Treppen und weinte. Der Bruder von Robert kam zufällig vorbei. Er erzählte seiner Familie, was passiert war. Da holte mich meine zukünftige Schwiegermutti in die Wohnung und machte mir das Bett auf der Couch zurecht. Am nächsten Morgen hatte mein Onkel schon meine Sachen aus dem Fenster geworfen. Von da an konnte ich nur noch zu meiner Tante gehen, wenn er nicht zu Hause war. Ab September ging ich in eine andere Stadt auf die Medizinische Fachschule und wohnte in einem Schwesternheim. Ein Glück. Ich musste nicht mehr zu dem trinkenden Onkel. An den Wochenenden fuhr ich zur Familie meiner Tante und konnte meinen Freund Robert treffen. Wir gingen meist zum Tanz in den Nachbarort. Damals gab es noch richtige Tanzveranstaltungen mit großen Tanzkapellen, alle tanzten Lateinamerikanische Tänze. Robert konnte sehr gut tanzen. Robert hatte noch zwei Brüder Anton und Jakob. Anton war genauso alt wie ich und begleitete uns zu diesen Tanzveranstaltungen. Wir hatten schöne Abende. Anton lernte eines Tages eine junge Frau kennen. Ingrid war Kinderkrankenschwester und arbeite im Krankenhaus an unserem Wohnort. Da sie meine Kollegin war, haben wir uns schnell angefreundet. Nun gingen wir immer zu viert zum Tanzen. Eines Tages beklagte sie sich bei mir, dass Anton sich von ihr immer an der Haustür verabschiedete und sie auch kaum küsste. Vielleicht ist er ja nur schüchtern, oder wollte er doch so früh noch keine Freundin? Es war schon merkwürdig, dass ein junger Mann so reagierte. Ich fragte bei Anton nach und erzählte ihm von Ingrids Bemerkungen zu mir. Anton konnte mit der Situation nicht richtig umgehen. Er gab mir keine Antwort darauf. Eines Tages suchte er sich eine neue Arbeitsstelle in Thüringen. Er kam dann meist nur einmal im Monat nach Hause und wir gingen dann natürlich wieder zum Tanz. Aber niemals konnte er mit uns oder mit seinem Bruder darüber sprechen, dass er überhaupt nichts für Frauen empfand. Es vergingen noch ein paar Jahre, ehe er begriff, dass er nur Männer lieben konnte. Es war für ihn eine schlimme Situation weil zum damaligen Zeitpunkt Homosexualität noch strafbar war.

In dem kleinen Ort, in dem meine Tante lebte, hatte man nicht nur für die Mitarbeiter der Wismut AG, die beim Abbau von Uranerz arbeiteten ein riesiges modernes Krankenhaus gebaut. Das Krankenhaus sollte nach modernsten Methoden und für alle umliegenden Städte sein. Da es nach dem Krieg nie genug Baumaterial gab und in den Betrieben des Sozialistischen Systems den Arbeitern alles gehörte, nahmen einige Bauarbeiter das wörtlich. Es wurde alles was nicht niet- und nagelfest war geklaut. Darunter Kies, Ziegel, Rohre und all diese Dinge. Nun da immer etwas Baumaterial auf den Baustellen fehlte, musste improvisiert werden. Es wurden Materialien minderer Qualität verbaut und eingebaut. So waren an den Patientenzimmern kleine Balkone angebaut. Diese mussten nach einigen Jahren wegen Einsturzgefahr wieder abgerissen werden. Die Mischung des Betons stimmte nicht und es bröckelte alles. Daraus entwickelte sich unter den Bauarbeitern ein Spruch, mit welchem sie sich über die Bauweise dieses riesigen Objektes lustig machten. „Wir bauen auf und reißen nieder, dann haben wir unsere Arbeit wieder".

1957

Meine Tante musste berufsbedingt in eine andere Stadt ziehen. Sie gaben ihre Wohnung auf und suchten sich dort eine neue Wohnung. Was lag da näher, mein Verlobter und ich sprachen beim Bürgermeister vor, wir würden sehr gerne in ihre alte Wohnung ziehen. Dieser schickte uns mit den Worten wieder weg, dass Wohnungen nur an Ehepaare vermietet werden. Da wir uns schon mehr als zwei Jahre kannten, es war für mich die große Liebe und Robert sofort beteuerte, dass er mich gern heiraten würde, haben wir uns zu diesem Schritt entschlossen. An meinem achtzehnten Geburtstag war es dann soweit, wir haben geheiratet. Es gab ein schönes Fest, und ich war sehr glücklich eine eigene Familie und in der Familie meiner Schwiegereltern ein echtes zu Hause gefunden zu haben. Besonders mein Schwiegervater behandelte mich sehr herzlich, weil er drei Söhne hatte, und er hatte sich immer eine Tochter gewünscht. Wir bekamen die Dreizimmerwohnung. Ein Jahr später wurde unser erstes Kind geboren. Alice war so ein Sonnenschein, und wir waren glücklich, eine richtige Wohnung mit einem Kinderzimmer zu haben. Im Wohnzimmer gab es auch hier einen Kachelofen. Er war etwas höher als eine erwachsene Person. In der Küche befand sich ein Kochherd mit einer

Backröhre und im Badezimmer stand ein Badeofen der aussah wie ein dickes Rohr. Die Öfen wurden auch hier mit Kohlen beheizt. Die Kohlen wurden angeliefert aber gleich neben dem Hauseingang abgeladen. Von da mussten wir sie mit Eimern in den Keller tragen. Wir haben sie aufgestapelt, so nahmen sie weniger Platz ein. Das Einstapeln der Kohlen in den Keller und die Öfen zu beheizen, war eine sehr schmutzige Angelegenheit. Zuerst musste die Asche vom vorhergehenden Beheizen entfernt werden. Mit kleinen Holzspänen und etwas Papier wurde ein Feuer angezündet. Darauf kamen ein paar Scheite Holz, danach acht bis zehn Brikett und wenn die Briketts alle schön rot glühten, konnte man den Ofen zuschrauben. Die Kacheln des Ofens wurden warm und man konnte sich sehr gut mit dem Rücken daran lehnen. Manche Leute hatten auch vor dem Ofen eine Ofenbank gestellt, um ein gemütlich warmes Plätzchen zu haben. Zum Wäsche waschen gab es im Keller eine Waschküche. Wie in der Waschküche in meinem Elternhaus wurde in einem großen Waschkessel, die Wäsche gekocht. In großen Zinkwannen schrubbten wir auf einem Waschbrett, manchmal mit einer Bürste die Wäsche sauber. Auf dem Fußboden standen zwei weitere Wannen, in welchen die Wäsche gespült wurde, um die Seifenreste zu entfernen. Es war eine richtige Plackerei. Mit krummen, später schmerzenden Rücken wurde die Wäsche zwei Mal gespült. Einmal hatte ich eine Schüssel mit den schmutzigen Socken im Wasser neben dem Waschtisch gestellt. Sie sollten später nach der weißen Wäsche geschrubbt werden. Unsere kleine Alice war immer bei mir, sie saß in einem Wäschekorb und spielte. Da ich zuerst die weiße Wäsche aus dem Waschkessel nehmen musste, habe ich unsere kleine Tochter in dem Wäschekorb auf dem Waschtisch gesetzt. Nun wurde ihr wohl doch etwas langweilig. Sie beugte sich über den Rand des Korbes, um zu sehen, was auf dem Fußboden sein könnte. Dabei verlor sie das Gleichgewicht, der Korb kippte und sie stürzte kopfüber in die darunter stehende Schüssel mit den Socken. Welches Glück, die Socken im Wasser haben das Schlimmste verhindert. Wir waren ganz schön erschrocken. Doch später konnten wir darüber lachen, weil die Vorstellung in der schmutzigen Brühe zu liegen, etwas eklig war. Das ganze Haus hatte drei Hauseingänge mit jeweils drei Etagen. Auf jeder Etage befanden sich drei Wohnungen. Wir waren mit einem Ehepaar befreundet, welches in der oberen Etage wohnte. Ab und zu trafen wir uns mit ihnen zu einem gemütlichen Kaffeestündchen hauptsächlich in unserer Wohnung. Unsere kleine Tochter Alice spielte mit ihren Puppen. Wir Eltern waren beschäftigt mit Kaffeetrinken und Plaudereien, so konnte Alice auch mal in einem Schrank stöbern, Mama guckt ja nicht zu. Als es ihr langweilig wurde, machte sie sich daran im Schlafzimmer Schubladen und Schranktüren zu öffnen und die darin liegenden Sachen zu inspizieren. Alice fand unsere Kondome. Es war damals das einzige Mittel zur Verhütung von Schwangerschaften. Diese Dinger aus Gummi, die aussahen wie Luftballons hatten es ihr angetan. Sie kam zu uns ins Wohnzimmer gelaufen und hatte einige Gummis auf ihr Däumchen gesteckt dabei rief sie: „Mama, guck mal Luftabons". Das Wort Luftballon war auch sehr schwer auszusprechen mit zweieinhalb Jahren. Es war uns im ersten Moment sehr peinlich. Trotzdem hatten wir unseren Spaß. Und erst recht als unsere Freundin dann sagte, dass sie ihre „Dinger" in ihrem Wohnzimmer in einer Vitrine zur Aufbewahrung in einer Teekanne gesteckt hatte.

Nachdem mein Schwager Anton nach Thüringen gezogen war, kam er nur sehr selten nach Hause. Wir haben unseren Kontakt mit Ingrid beibehalten. Wir saßen viele Abende zusammen und spielten Karten, und meist tranken wir ein Gläschen Wein. Wenn es sehr spät wurde, hat Robert sie nach Hause begleitet. Ich war so unerfahren, habe mir nie Gedanken gemacht, dass Robert manchmal länger als der Heimweg und zurück wegblieb. Bis irgendwann, wir hatten wieder so einen schönen Spieleabend, Ingrid mich umarmte und stammelte: „Du bist so gut zu mir, und ich bin so schlecht". Sie nahm ihre Jacke und rannte davon. Ich war wie vom Donner getroffen und ging zu Robert und provozierte ihn mit den Worten: „Weißt du warum Ingrid weggelaufen ist? Sie wollte nicht bei uns übernachten, weil sie dachte, du würdest mit ihr hier bei uns schlafen wollen". Seine Antwort war: „So ein Quatsch, ich schlafe doch nicht hier bei uns mit ihr". Da wir etwas mehr als sonst getrunken hatten, fragte ich sofort: „Ach so, bei ihr zu Hause aber?" Er: „Na ja, es ist nun mal passiert. Aber ich verspreche, ich werde es beenden". Unsere Freundschaft war damit natürlich beendet und meine Ehe hatte den ersten großen Riss bekommen. Ich konnte es nicht fassen. Wie sollte man es verstehen. Es war doch alles so perfekt.

Nun war ich gewarnt und dieser Seitensprung brannte sich bei mir ins Gedächtnis. Ich witterte hinter jeder Nettigkeit von Robert zu Frauen, immer einen Betrug an unserer Liebe. Leider war es auch nicht der einzige Fehltritt meines Robert. Aus Flattereien wurden bei ihm immer wieder Verhältnisse, die durch ganz einfache Zufälle ans Tageslicht kamen. Sei es, dass er sich durch widersprüchliche Aussagen verriet, oder dass die Postbearbeiterin in seinem Betrieb einige Briefe, die privat an ihn in die Firma kamen, gesammelt hatte. Robert war wegen Krankheit zu Hause und sie brachte diese Briefe bei uns zu Hause vorbei. Es war unumgänglich, dass ich nun von einem neuen Flirt erfahren musste.

1960

Wir wohnten zu diesem Zeitpunkt noch im Erzgebirge und bekamen über den Betrieb von Robert eine 14-tägige Urlaubsreise in einem Ostseebad auf Usedom. Bei dieser Reise bekamen wir gleichzeitig die Fahrkarten und Platzkarten für den Zug. Unsere kleine Tochter konnte bei Oma und Opa bleiben, da diese Ferienplätze für so kleine Kinder, sie war gerade zwei Jahre alt, nicht vorgesehen waren. Vielleicht war diese Reise gut für unsere junge und gestörte Ehe eine Change. Vielleicht wird alles wieder gut und Robert lässt ab von den Liebeleien. Im Zug lernten wir ein Ehepaar Gitta und Frieder aus Thüringen kennen. Sie machten gerade ihre Hochzeitsreise. Sie hatten sich Geld von den Eltern Frieders geliehen, um diese Reise zu machen. Kurz vor dem Reisetermin hatten sie sich mit Frieders Eltern so sehr gestritten, dass sie das Geld kurzerhand zurückgaben und nur mit sehr wenig Taschengeld diese Reise machten. Sie waren so glücklich. Wir hatten versäumt zu fragen, wo sie im Ferienort wohnen würden. Daher sind wir uns während der gesamten zwei Wochen nicht begegnet. Als wir nun wieder mit dem Zug nach Hause fuhren, saßen sie uns wieder gegenüber, und sie erzählten uns diese Geschichte, über den Streit in der Familie noch etwas genauer. Wir bedauerten das sehr, denn sie waren uns sehr sympathisch, aber die Entfernung unserer Wohnorte war auch zu groß, so dass wir keinen Kontakt mit ihnen pflegten.

Robert arbeitete als Schweißer in einem Betrieb, der für den Erzbergbau Geräte herstellte und reparierte. Er sollte bevor wir uns kennenlernten an einer Fakultät ein Studium absolvieren. Aber da dieses Studium in einer anderen Stadt stattfinden sollte, hatte er keine Lust. Der Weg war ihm zu weit und getrennt von Familie und seinen Liebeleien, das hat ihm nicht gefallen.

1961

Einmal im Jahr wurde in Roberts Betrieb ein großes Fest für alle Mitarbeiter mit ihren Ehefrauen veranstaltet. Es gab Essen, Trinken und eine Tanzkapelle spielte zum Tanzen auf. Der Chef der Arbeitsbrigade von Robert forderte mich zum Tanzen auf. Er war sehr charmant und stellte mir plötzlich die Frage, warum ich etwas dagegen hätte, dass Robert Mitglied der Sozialistische Einheitspartei Deutschlands werden würde. Ich antwortete ihm, dass er das doch selbst entscheiden müsse. Er brach sofort den Tanz ab und ging mit mir zu den Kollegen, wo er verkündete: „Robert deine Frau hat nichts dagegen, dass du in die Partei eintrittst. Montag kommst du zu mir!" Später stellte sich heraus, dass auch dieser fast gezwungene Betritt zur Partei positiv sein Leben beeinflusste. Robert bekam nach unserem Umzug nach Dresden eine Arbeitsstelle im Arbeitsamt und einen Studienplatz an der Hochschule für Wirtschaftswissenschaften.

Die Angestellten des Krankenhauses hatten auch einige Privilegien, weil es das Krankenhaus für Wismut angehörige war. Man wurde etwas besser bezahlt als das Personal in den anderen Krankenhäusern. Das Krankenhaus hatte einen Autobus für kleine Ausflüge des Personals, zu Veranstaltungen wie Theater, Konzerte und andere

Ausflüge. So hatten wir die Möglichkeit, in die Oper in die Bezirkshauptstadt Karl-Marx-Stadt, heute Chemnitz, zu fahren. Wir haben das gern genutzt. Trotzdem fehlte uns das Stadtleben. Also haben wir beschlossen, in eine größere Stadt umzuziehen. Wir hatten an die Stadtverwaltungen in Dresden, Leipzig und Karl-Marx-Stadt geschrieben, um eine Wohnung zu bekommen. In Dresden konnten wir einer Wohnungsbaugenossenschaft beitreten. Wir bezahlten Genossenschaftsanteile und bevor die Wohnung bezugsfertig war, mussten wir Aufbaustunden leisten. Da wir bis zum Einzug zweihundertfünfzig Stunden leisten sollten, jedoch noch nicht in Dresden wohnten, hatten wir die Möglichkeit die Stunden zu bezahlen. Nachdem wir nach der Fertigstellung des Neubaus einziehen konnten, haben wir die restlichen fünfhundert Stunden abgearbeitet. Wir konnten im Oktober in unsere Wohnung einziehen. Als Robert vorher zur Wohnungsübergabe zu einer Besprechung nach Dresden fuhr, wussten wir noch nicht in welcher Etage unsere neue Wohnung sein wird. Mein Schwiegervater machte sich einen Spaß und sagte, ihr werdet sehen, ihr bekommt die Wohnung Mitteleingang erste Etage links. Das hatte die Wohnungsbaugenossenschaft tatsächlich so festgelegt. Wir waren sehr glücklich über dieses Ergebnis. Es war eine sehr schöne Wohnung mit

Parkett, Balkon und Ofenheizung im Wohnzimmer. Ein Badezimmer mit Badewanne einem Kohlebadeofen. In der Küche gab es einen Wandschrank und ein Spültisch mit Unterschränken. Das Haus wurde in eine Lücke der durch die Bombenangriffe zerstörten Häuser gebaut. Dort befand sich früher eine Gärtnerei. Es standen noch sehr viele Obstbäume. Hinter dem Haus, im Hof, wurde eine schöne Grünanlage mit Kinderspielplatz angelegt. Da bei unserem Einzug diese ganze Anlage noch nicht fertig war, konnten wir unsere Aufbaustunden direkt hinter unserem Haus ableisten. Ich war inzwischen mit unserem zweiten Kind schwanger und habe nur leichtere Arbeiten verrichtet. Ich half dabei, die Ziegelsteine von den zerbombten Häuserresten vom alten Mörtel zu befreien. Dadurch konnten die Steine für andere Bauvorhaben weiter genutzt werden. Man brauchte nach dem Krieg wegen der großen Zerstörung Dresdens durch den Bombenangriff im Februar 1945 Baumaterial in großen Mengen.

1962

Im Januar kam unsere zweite Tochter Ulrike auf die Welt. Wir waren sehr glücklich, dass unsere Alice ein kleines Schwesterchen bekam. Zur Entbindung ging ich in ein christliches Krankenhaus, dort bestand die Möglichkeit, unsere Alice in einem Kinderheim während meines Krankenhausaufenthaltes unterzubringen. Robert musste ja arbeiten gehen. Nun waren wir schon eine vierköpfige Familie und Alice sagte stets, das ist unser Ulrike-Baby. Von Anfang an habe ich sie bei der Versorgung des Babys eingebunden. Sie spielte dabei immer mit ihrem Puppenbaby. Bald konnte sie das Ulrike-Baby auch wickeln, denn sie war ja schon ein großes Mädchen, so sprach sie selbst.

In Dresden war Robert nach unserem Umzug zum Arbeitsamt gegangen. Sie konnten ihm nur eine Stelle bei den Verkehrsbetrieben als Schweißer der Straßenbahnschienen anbieten. Sommer und Winter auf der Straße zu arbeiten und Schienen zu schweißen, war nicht sein erstrebenswertes Ziel. Der Sachbearbeiter im Arbeitsamt fragte nach der Parteizugehörigkeit und nun hatte diese unfreiwillige Aktion, der Eintritt in die SED, einen Zweck erfüllt. Robert wurde beim Arbeitsamt angestellt mit der Maßgabe, ein fünfjähriges Abendstudium an der Fachhochschule für Wirtschaftswissenschaft in Dresden zu absolvieren. Natürlich war die Bezahlung nicht gerade rosig. Aber nach dem Studienabschluss hatte man für die Zukunft eine gute Voraussetzung für einen besseren Einsatz.

Eines Tages ging ich mit den Kindern zum Einkaufen. Da begegnete mir eine Frau mit einem Baby im Kinderwagen. Wie klein doch die Welt ist. Es war die junge Frau Gitta, die wir bei unserer Urlaubsreise kennengelernt hatten. Sie waren von Thüringen nach Dresden gezogen und noch dazu ganz in unsere Nähe. Von diesem Tage an verband uns eine sehr lange Freundschaft. Gitta verstarb leider schon im Alter von fünfundfünfzig Jahren.

1965

Inzwischen arbeitete Robert in einer großen Turbinenfabrik in der Verwaltung, wo er sein Studium weiterführen konnte. Während der Zusammenarbeit in einer Studiengruppe entwickelte sich zwischen einer Frau aus der Studiengruppe und ihm ein Verhältnis. Das erfuhr ich, als wir irgendwann zu dieser Frau und deren Familie mit der Studiengruppe zum Essen eingeladen wurden. Die Dame des Hauses bat im Laufe des Abends meinen Mann für Getränkenachschub zu sorgen. Ziemlich unverfroren spricht sie Robert an: „Du weißt doch wo unser Wein ist, im Schlafzimmer im Schrank". Alle schauten mich lächelnd oder verlegen an, Robert holte den Wein aus dem Schlafzimmer, der Ehemann dieser Frau ging in sein Bastelzimmer, um mit der elektrischen Eisenbahn zu spielen. Die Frage warum musste ich immer wieder solche Fehltritte meines Mannes erleben, sollte ich mir nicht stellen. Ich hätte schon bei Roberts ersten Flirt konsequent sein sollen und eine Trennung einleiten müssen. Nun habe ich zu diesem Zeitpunkt sogar zwei Kinder, die einmal Scheidungskinder sein werden. Warum konnte er nicht mit mir sprechen, was in unserer Ehe nicht in Ordnung war. Ich war so unerfahren und sollte es nie erfahren, woran es gelegen hat. Bei einem Streit, irgendwann, hatte er mir an den Kopf geworfen, dass ich gefühlsarm wäre. Schon nach seinem ersten Fehltritt war ich nicht mehr in der Lage Empfindung wie in unserer jugendlichen Verliebtheit zu erleben. Trotzdem trennten wir uns noch nicht.

1968

Die Kinder wurden nun mehr und mehr selbstständig, ich habe trotzdem zu Hause in Heimarbeit gearbeitet. Mit weichen zugeschnittenen Einlagen fertigte ich Kissen für die Abdeckung von Schokolade in Pralinenschachteln an. Auf jedes dieser Abdeckkissen kam ein Etikett mit dem Firmennamen in goldener Farbe. Zuerst habe ich die Kartons mit den fertigen Arbeiten mit dem Bus transportiert, um sie in dem Betrieb abzugeben. Später haben wir einen kleinen Handwagen gekauft, auf welchem ich dann schon zwei Kartons mit Rohzutaten aus dem Betrieb abholte und nach Fertigstellung zwei Kartons wieder zurück gebracht habe. Die Arbeit war zwar sehr eintönig, aber ich hatte ein kleines Taschengeld, mal für ein paar Schuhe für die Kinder, oder einfach zum Leben. So konnte ich die Kinder nach der Schule gut versorgen und den Haushalt erledigen. Wir hatten nicht allzu weit von unserer Wohnung einen kleinen Schrebergarten gepachtet. Da zogen wir immer an den Wochenenden mit den Kindern auf dem kleinen Handwagen und ein paar belegten Broten, Hacke, Rechen und Schaufel los. Es wurden Johannisbeeren und Stachelbeeren, Erdbeeren und Möhren gepflanzt. Beim Bau einer kleinen Laube aus zusammengesuchten Brettern hat sich Robert fast den Daumen abgesägt. Es gab ein paar glückliche Stunden und die Kinder hatten viel Spaß wenn sie Radieschen oder anderes Gemüse und Obst ernten konnten.

Unsere Ulrike liebte Hunde und ganz besonders einen Rex. Rex war ein Schäferhund und Ulrike ging auf dem Schulweg immer am Gartenzaun vorbei hinter dem Rex und seine Besitzer wohnten. Sie war so fasziniert von Rex und blieb jedes Mal kurz stehen, um ihm irgendetwas zu erzählen. In diesem Garten stand ein sehr großer Walnussbaum. Als die Nüsse reif waren und auf die Straße fielen, sammelten die Kinder diese gerne auf. Aber auch Nüsse hinterm Gartenzaun im Garten waren für die Kinder interessant. Sie konnten nur nicht heran. Nicht Ulrike. Sie war kurz entschlossen und kletterte über den Zaun. Die Kinder warnten, pass auf der Rex kommt bestimmt. Ulrike behauptete, der Rex ist doch mein Freund. Der Besitzer hatte nur auf den Moment gewartet. Aus einem Schuppen rief er dem Hund zu: „Rex fass". Das war ein Befehl an den Hund und er lief zum Zaun. Dort versuchte Ulrike schnell wieder auf die andere Seite zu gelangen. Aber der Hund war schneller als Ulrike ihr Beinchen über den Zaun ziehen konnte und schnappte zu. Alice, Ulrike und die anderen Kinder kamen erschrocken nach Hause gelaufen. Auf dem Weg dahin weinte sie nicht, es war kein

Loch in der Strumpfhose und Blut konnte man auch nicht sehen. Bei Mama erzählte sie zitternd diese Begebenheit. Robert sprach sofort: „Ich schieße diesen Hund mit dem Luftgewehr auf sein Fell". Aber Ulrike jammerte: „Nein er kann doch nicht dafür, dass der Mann ihn auf mich gehetzt hat". Vielleicht hatte er nicht gesehen, dass ein Kind sich im Garten befand und wollte sie nur erschrecken. Wir sind mit Ulrike ins Krankenhaus gefahren. Sie bekam sofort eine Tetanus Impfung und die Bisswunde musste ringsherum ausgeschnitten werden. Eine Narbe am Oberschenkel erinnert sie noch heute an dieses Erlebnis. Trotzdem ist sie Hunden gegenüber nie ängstlich. Sie hat nur etwas mehr Respekt vor ihnen.

Ulrike war eine richtige Wasserratte. Als Alice mit der Schulklasse zum Schwimmunterricht ging, habe ich die Kinder als Aufsicht begleitet. Das war in Alices viertem Schuljahr. Die Lehrerin war froh eine Begleitung dabei zu haben. Vorsorglich habe ich für Ulrike den Badeanzug mitgenommen, falls sie mit am Schwimmunterricht hätte teilnehmen können. Sie war erst fünf Jahre alt. Der Schwimmlehrer meinte, es wäre gut, dass so eine kleine Krabbe dabei sein könne. Da strengen sich die Achtjährigen sehr an, damit sie auch das Schwimmen erlernen. Der Schwimmlehrer schickte uns anschließend in ein Leistungszentrum, dort ging Ulrike zwei Mal in der Woche zum Schwimmtraining. Sie war nun so sicher im Wasser, dass wir uns beim Besuch im Freibad keine Sorgen machen mussten.

Im Sommer machten wir auf einem schönen Campingplatz in der Nähe eines großen Freibades bei Zittau Sommerurlaub. Dabei besuchten wir jeden Tag das Schwimmbad, welches einen Turm zum Springen hatte. Da gab es ein drei Meter, fünf Meter und zehn Meter Sprungbrett. Ulrike war nicht zu halten. Zuerst saß sie eine Weile da und schaute den Leuten zu, die vom hohen Turm sprangen. Dann wollte sie es auch versuchen. Aber die Angst war groß. Sie kam die Leiter wieder herunter geklettert. Etwas später wollte sie wieder versuchen zu springen. Sie kletterte wieder hinauf, zögerte am fünf Meter Brett etwas und ging aber weiter nach oben. Sie sprang herunter. Der Schwimmmeister kam völlig überrascht zu uns und wollte uns überzeugen, dass Ulrike zur Sportschule muss und lud uns für ein Springtraining ein. Er wusste nicht, dass wir aus Dresden waren. Der Urlaub war wunderschön. Wir wohnten in einem Hauszelt und mussten auf einem Campingkocher Essen zubereiten. Gewaschen haben wir uns in einer Schüssel, und wenn es dunkel war, und die Campingfunzeln erhellten unseren Platz vor dem Zelt nur ein wenig, haben auch wir Erwachsenen uns in der Schüssel gewaschen. Ich komme ins Zelt und will mein Nachthemd nehmen da fangen die Mädchen laut an zu lachen. Sie sangen im Chor: „Da hüpfen weiße Bälle durch die Nacht." Ich war von der Sonne schön braungebrannt, nur unterm Bikinioberteil natürlich noch ganz weiß. Diese frechen Mädchen.

1969

Robert hatte durch sein Studium gute Entwicklungschancen und bekam einen neuen Job in einem anderen Betrieb. Gleichzeitig hatte ich durch meine Freundin Gitta eine Vollzeitbeschäftigung in dem großen Elektronik Betrieb, wo sie beschäftigt war, bekommen. Sie arbeitete in dem Betrieb als Angestellte in der Technik Abteilung. Ich war sehr glücklich, in der Materialbeschaffung, eine richtige Tätigkeit auszuüben. Mir fehlte nur noch der Berufsabschluss zur kaufmännischen Sachbearbeiterin. Unsere zweite Tochter war inzwischen sieben Jahre alt. In der Schule war alles in Ordnung und auf Alice konnte ich mich sehr verlassen, wenn ich noch nicht da war. Sie hat sich früh um das Essen und den Haushalt nach der Schule gekümmert.

An einem Freitag musste Robert wieder einmal zu einer Dienstreise mit Übernachtung nach Karl-Marx-Stadt. Meine Freundin Gitta hielt mich für naiv, weil ich glaubte, die Firma würde an einem Freitag eine Dienstreise anordnen. Ich wollte trotz der zuvor erlebten Flattereien nicht an meiner Ehe zweifeln. Ich liebte ihn doch noch immer und war stolz auf seine Entwicklung, die bei Abschluss seines Studiums uns ein besseres Leben ermöglichen würde.

Wegen Kreislaufproblemen und Herzbeschwerden wurde Robert vom Arzt krankgeschrieben. An einem Nachmittag klingelte eine Kollegin aus seiner Abteilung, die für die Post zuständig war bei uns. Sie hatte einen großen Briefumschlag in der Hand. Nach kurzem Zögern übergab sie mir diesen Brief und sagte, dass es private Post für ihn sei. Als ich den Brief meinem Mann gab, war ich sehr gespannt, was in so einem großen Brief stecken könnte. Es war wie ein böser Traum. Das hatten wir doch schon einmal. Er hatte mehrere Briefe von einer Frau, die er bei einer Dienstreise kennengelernt hatte, an seine betriebliche Adresse bekommen. Sie machte sich sorgen, dass er sich nicht bei ihr meldete. Ich dachte, mich trifft der Schlag. Auf mein Verlangen zeigte er mir die Briefe. Da waren Zukunftspläne geschildert, die sehr eindeutig von einem Zusammenleben sprachen. Auf mein Drängen hat er natürlich einen Brief an sie geschrieben, dass es zu Ende sein müsse.

Während der ganzen Zeit habe ich oft und gern mit meiner Freundin Gitta Treffen allein oder mit unseren Männern und Kindern gehabt. Eines Tages erzählte Gitta mir, dass sie an ihrem Geburtstag mit ihrer Schwester und ihrem Mann nach einem längeren Ausflug noch zum Tanz gehen wollte. Ihr Mann war zu müde und schickte die beiden Frauen allein zum Tanz. Gittas Mann war nicht so ein Mensch, der gerne ausgeht, ein wenig langweilig und gemütlich, das war er. Aber er war ungemein sparsam. Wenn wir zusammen zum Essen ausgingen. Suchte er die Speisen aus und es musste immer das preisgünstigsten sein. Vielleicht hat sich deshalb Gitta an diesem Abend in einen Mann verliebt. Sie lebte förmlich auf und suchte natürlich oft nach Ausreden ihrem Mann gegenüber. So kam es, dass ich sehr oft ihr Alibi war, wenn sie sich mit diesem Mann traf. Irgendwann erzählte sie mir, dass dieser Mann einen Sohn hatte. Dieser Kleine wurde von der Mutter verlassen und nun von der Mutter des Mannes großgezogen. Als das Gespräch einmal wieder auf die junge Mutter kam, die ihren Sohn verlassen hatte, erwähnte Gitta den Namen dieser Frau. Das war eine Überraschung, es war die Schwester von einer unserer Bekannten. Wie klein doch die Welt ist. Wir wussten, dass unsere Bekannte so wie ihre Schwester das Leben gern auf die leichte Schulter nahm. Deshalb verstanden wir nun, dass die ehemalige Freundin von Gittas Freund ihn mit ihrem Kind verlassen hatte.

Gitta hatte dann endlich irgendwann den Mut, sich von ihrem Mann zu trennen und hat ihre Liebe, diesen Mann geheiratet.

Eines Tages bekamen Gitta und ich in unserem Betrieb das Angebot, eine Berufsausbildung zur

Industriekauffrau im Abendstudium zu machen. Wir waren überglücklich. Gitta und ich begannen also neben unserer Beschäftigung eine Ausbildung als Industriekauffrau in einem Abendschulkurs. Nach Abschluss dieser Ausbildung erfuhr ich, dass in der EDV gut ausgebildete Leute gesucht wurden. Deshalb habe ich noch einmal drei Jahre Datenverarbeitungskauffrau mit Rechnerausbildung an einem Sowjetischen Großrechner absolviert. Die Arbeit in dem großen Betrieb machte mir richtig viel Spaß. Obwohl noch nicht alle Einrichtungen in dem Betrieb abgeschlossen waren, lief der Betrieb in allen Abteilungen ganz normal. Nur in meiner Abteilung gab es viel Lageraufwand, es mussten noch die Räume im Keller eingerichtet werden. Für diese Arbeiten war ein Möbelbetrieb verantwortlich. Die Arbeiter, die für Transporte und Möbelaufbau zuständig waren, hatten viel in den Kellerräumen zu tun. Dort befand sich das Büromateriallager. Wenn ich in den Keller kam waren die Männer sehr aufgekratzt, und einer von ihnen flirtete mit mir. Am Monatsende war Zahltag und die drei Arbeiter luden mich in ein Café ein. Wir wollten Eis und Kaffee genießen. Ich rief meinen Mann in seiner Firma an und sagte ihm, dass ich etwas später nach Hause käme. Er war verwundert und machte Witze und Bemerkungen, ich solle mich gut amüsieren. Vier Wochen später kam die gleiche Situation – ich kündigte meine Verabredung an – da gab es einen richtigen Krach. Sicher hatte ich ihn provoziert, indem ich von der lustigen Runde mit den drei Kollegen erzählte. Er wollte es nicht verstehen. Er unterstellte mir sogar, dass ich eine Liebelei angefangen hätte. Ich erzählte ihm, dass alle drei Männer verheiratet wären und ich kein Interesse an irgendeinem Abenteuer hätte. Er verbot mir, noch einmal mit ihnen auszugehen, sonst würde er sich scheiden lassen. Ich war darüber so unglücklich und wütend. Trotzdem ließ ich mich wieder in das Café ausführen. Es war am helllichten Tag und ich hatte keine Lust, mir so einen kleinen Spaß verbieten zu lassen.

Robert hatte inzwischen sein Studium beendet und arbeitete in einem Betrieb in der Personalabteilung. Nun hätten wir ein schönes Leben führen können, aber Robert wollte ein Hausmuttchen. Ich jedoch konnte endlich mein Wissen und das Gelernte anwenden und die Arbeit machte mir richtig Spaß. Deshalb kam es immer wieder zu Auseinandersetzungen mit dem berühmten Satz: „Dann lasse ich mich scheiden". Ich konnte mir noch nicht richtig vorstellen, wie es gehen sollte. Alleinerziehende Mutter in der heutigen Zeit zu sein, kannte ich nicht. Letztendlich hat sich die Situation so zugespitzt, es gab ständig Streitereien. Es genügte nur noch ein Funke und die Sache eskalierte.

Robert hatte mit der Kampfgruppe wieder eine Übung. Die Kampgruppen der Arbeiterklasse, auch Kampfgruppen oder Betriebskampfgruppen genannt, waren eine paramilitärische Organisation von Beschäftigten in Betrieben der Deutschen Demokratischen Republik. Durch sie sollte die Herrschaft des Proletariats in der DDR auch militärisch manifestiert werden. So kam es, dass er zu seinem Einsatz ging, und ich traf mich mit einem von den drei netten Kollegen. Es war so schön, verehrt und bewundert zu werden, Komplimente zu empfangen. Von Robert bekam ich diese verbalen Streicheleinheiten schon lange nicht mehr.

Ich erlebte einen schönen Nachmittag und gegen 19.00 Uhr brachte mich der junge Mann nach Hause. An der letzten Straßenecke vor unserem Wohnhaus verabschiedete ich mich von Walter, so hieß der junge Mann, er nahm mich in den Arm und küsste mich. Dies war ein tolles Gefühl. Jedoch blieb es nicht ohne Folgen. Auf der anderen Straßenseite kam Robert von seinem Einsatz nach Hause. Es nützte also nichts, dass ich mich eine Ecke vor der Haustür verabschieden wollte, mein Ausrutscher wurde sofort entdeckt. Es war mir auch sehr peinlich, dass er es mit ansehen musste, und irgendwie tat es mir leid. Ich konnte nicht ahnen wie ungehalten und böse mein Robert werden konnte. Er wollte mir meinen Schlüssel wegnehmen und mich nicht mehr zu den Kindern lassen. Robert verlangte den Namen des Mannes und machte sich dann am nächsten Tag auf den Weg zu ihm nach Hause. Dort erklärte er der Frau des Kollegen, dass ihr Mann unsere Ehen zerstört hätte. Hatte das Robert nicht schon längst getan? Unsere Ehe war schon lange keine Ehe mehr. Wir haben die Scheidung eingereicht.

Ich hatte das Gefühl, dass Robert noch nie Vertrauen zu mir hatte. Wir haben nie das klärende Gespräch gesucht. Mir wurde plötzlich klar, es gab nie die Möglichkeit ein normales Nebeneinander zu leben. Ich war zur Zeit der Eheschließung jung und unerfahren und wuchs nun mit meinen Aufgaben Robert wollte aber keine starke Frau an seiner Seite. Nun war ich reifer und erwachsen geworden, eine Partnerin für meinen Mann, doch er ließ es nicht zu. Viele Jahre später haben wir uns zufällig bei einer Geburtstagsfeier getroffen und darüber gesprochen. Das Leben hat uns jedoch weitergeführt, und jeder von uns hatte eine neue Beziehung und eine neue Familie. Ich habe die ganze Sache mit dem anderen Mann nicht so ernst genommen, deshalb brach der Kontakt mit ihm bald ab. Außerdem wurde er in einen anderen Betrieb versetzt, so dass es keine Begegnungen mehr gab.

1970

Trotzdem hinterließ die Scheidung von Robert und die Anstrengungen, mit zwei Kindern allein klar zu kommen, Spuren. Gesundheitlich war ich sehr angespannt, so dass ich die Betriebsärztin aufsuchte, um mir ein Medikament gegen die Nervosität und Unruhe verordnen zu lassen. Natürlich konnte ich bei der Ärztin auch mal mein Herz ausschütten. Sie fand, ich brauchte Ablenkung, vielleicht eine Kur. Kurze Zeit später rief sie mich zu sich und fragte, ob ich Lust hätte, in das Kinderferienlager des Betriebes als Sanitäter mitzufahren. Sie hatte in meinen Unterlagen gelesen, dass ich einmal in der Krankenpflege gearbeitet hatte. Sie meinte, ein Ortswechsel wäre sicher gut, um die Scheidung zu verarbeiten. Ich bekam mein Gehalt weiterhin gezahlt, und hatte keine Ausgaben für das tägliche Leben. Meine beiden Kinder konnten mit in das Kinderferienlager fahren. Es waren drei Wochen schöne Ferien. Alice und Ulrike hatten viel Spaß und waren sehr stolz, dass ihre Mutti eine vielgeliebte Sanitäterin war. Große Verletzungen oder Krankheiten gab keine, nur hin und wieder mal ein kleine Blase vom Wandern oder Schrammen vom Toben. So ging das drei Jahre und wir hatten tolle Ferien.

1973

Nun hatte ich die Ausbildung zur Datenverarbeitungskauffrau abgeschlossen und benötigte ein Praktikum in einem Rechenzentrum. Ich bewarb mich an der Universität in Dresden im Rechenzentrum. Meine Aufgabe war die „Jobannahme". Es wurden wissenschaftliche Untersuchungen auf Lochkarten mittels eines Lochkartenautomaten in der Datenerfassung hergestellt und mit Steuerbefehlen ebenfalls auf Lochkarten, für das Einlesen in den Rechner vorbereitet. In der Arbeitsvorbereitung konnten nach der Verarbeitung am Rechner die Ergebnisse von uns den einzelnen Jobs zugeordnet werden. Ich war sehr stolz am ersten Großrechner der Universität arbeiten zu dürfen. BESM-6 war ein komplett neu entwickeltes Supercomputersystem und wurde 1965 am Institut für Präzisionsmechanik und Computertechnologie entwickelt und ab 1967 produziert - auch für den Export. Insgesamt wurden bis 1987 dreihundertfünfundfünfzig Rechner hergestellt. Zu den Jobs wurden durch die Steuerkarten vom Rechner automatisch Magnetbänder zugeordnet, darauf waren Formeln und andere wichtige Aufzeichnungen gespeichert.

Promovierende Studenten und Mitarbeiter, konnten ihre Arbeiten im Lochkartenformat bearbeiten. Sie erhielten nach der Bearbeitung durch den Rechner auf einem Papierausdruck die Ergebnisse. Manchmal war eine Lochkarte nicht richtig gelocht oder defekt. Dann erhielten die Kunden nur eine Seite des Ausdruckes. Auf dieser Seite stand eine Fehlermeldung. Da die meisten Studenten knapp vor Semesterabschluss ihre Arbeiten erledigten, waren sie ganz schön unter Druck. Wir konnten dafür diese Kartenstapel mit den geänderten falschen oder defekten Karten in den Reklamationskasten stecken, damit er möglichst noch am gleichen Tag wieder neu bearbeitet wurde.Ein Wissenschaftlicher Mitarbeiter der Universität hatte die Arbeiten seiner Promotion beendet. Er hatte vier Jahre zusätzlich an einer Universität in der damaligen Sowjetunion Atomphysik studiert. Alle wissenschaftlichen Erarbeitungen wurden an unserem Großrechner durchgeführt. Manchmal blockierte er eine ganze Nacht mit den Aufträgen den Rechner. Es war ein riesiger Aufwand für die wissenschaftlichen Ergebnisse. Am Ende seiner Forschungsarbeit wurde wie bei allen Doktoranden immer eine Feier im Kreise der Wissenschaftler veranstaltet, wo die Doktorwürde verliehen wurde. Der nun promovierte Mitarbeiter wollte für seine Feier mit fröhlichem Zusammensein ein Studentenlied über den Rechner ausdrucken. Er hatte den Text etwas verändert, um seinen Weg in Zusammenarbeit mit seinen sowjetischen Kollegen zu beschreiben. Er hat einen großen Fehler gemacht und die Staatssicherheit auf den Plan gerufen. Er benutzte im Text das Wort „Russen" und den Namen „Iwan" und hatte dabei nicht geahnt, dass ihm dies zum Verhängnis werden könnte. Es war sowieso verboten, private Sachen durch den Rechner zu schicken. In dieser Nacht gab es an dem Rechner auch noch eine Havarie. Alle Arbeiten, die gerade im Drucker waren, wurden neu gestartet. Leider musste sogar der Direktor erscheinen, um bei der Fehlersuche zu unterstützen, und das Protokoll unterschreiben. Die Hälfte des Studentenliedes war gerade gedruckt, das Papier wurde abgetrennt, um an der richtigen Stelle neu zu starten. Dabei wurde sichtbar, dass da ein privates Dokument, nämlich das Studentenlied aus dem Drucker kam. Ein großes Drama spielte sich ab. Der Mitarbeiter wurde zum Rapport bestellt. Es waren zwei Mitarbeiter von der Sicherheit dabei. Das Endergebnis war für ihn niederschmetternd. Er wurde von Dienst suspendiert, seine vier Jahre Forschung wurden damit für ihn wertlos. Er hatte der Wissenschaft einen Dienst erwiesen, ohne dass seine Beteiligung an den Forschungsergebnissen irgendwo mitgeteilt wurde. Später erzählte er mir, dass er in dem Lampengeschäft seines Vaters als Verkäufer arbeitete.

1974

Gitta und ich hatten bei unserer Ausbildung wieder eine große Prüfung geschafft. Nun bereiteten wir für den Abschluss eine Feier für unsere Seminargruppe vor. Dafür trafen sich einige Leute unserer Gruppe in einem Tanzcafe. Wir schmiedeten Verse für unsere Lehrer und Klassenkameraden. Wir hatten ganz viel Spaß und lachten über unsere tollen Verse. In diesem Cafe spielte ein Trio schöne Musik zum Tanzen. Es blieb nicht aus, dass wir dann zum Tanz aufgefordert wurden. Gitta und ich wurden von zwei Herren immer wieder zum Tanz aufgefordert, die aus Magdeburg von der Deutschen Bahn zu einem Lehrgang in unserer Stadt weilten.

Für mich begann nun eine wunderschöne Zeit, denn wir hatten uns ernsthaft ineinander verliebt.

Paul lebte mit seiner Frau und drei halbwüchsigen Kindern in einem Ort im Grenzgebiet der DDR zur BRD. Da er aber sehr oft in der Hauptverwaltung der Bahn in der Bezirksstadt arbeitete, und wie er mir erklärte, in seiner Ehekleine Probleme seit Jahren bestanden haben, hatte schon längere Zeit in der Nähe der Hauptverwaltung ein Zimmer gemietet. So hatte er die Möglichkeit, ab und zu, mich zu besuchen. Bei einer

Betriebsveranstaltung unseres Rechenzentrums mit Dampferfahrt und Ball tanzten wir verliebt, und alle bewunderten uns als glückliches Paar.

Als ich mit Ulrike und Paul sogar eine Woche in den Urlaub ins Erzgebirge fuhr, war das der Höhepunkt, und ich dachte, wozu verheiratet sein diese Zeit ist so schön. Genieße die Zeit und sei nicht unzufrieden. Wir hatten ein Zimmer mit Aufbettung für Ulrike. Es war ein recht schmales Bett, und sie konnte nicht richtig liegen. Mitten in der Nacht war sie dann auch auf dem Boden gelandet. Paul stand auf und holte sie in unser Doppelbett. Ich war so überrascht von seinem Tun und fühlte mich so gut dabei, dass er so rücksichtsvoll mit meiner Tochter umging. Er meinte, auf so einem schmalen Ding kann kein Mensch schlafen. Alice ist zu Hause geblieben, sie war inzwischen 17 Jahre alt und froh, mal allein zu sein.

Paul wollte nun doch die Trennung von seiner Familie. Er hätte in Dresden auch sofort eine Arbeit finden können. Bei der Aussprache mit seiner Frau brach sie jedoch zusammen und machte ihm eine fürchterliche Szene. Sie weinte, schrie und drohte, sich das Leben zu nehmen. Paul beruhigte sie und versprach, alles noch einmal zu überdenken. Sie, jedoch verlangte, meinen Namen, die Adresse und meine Arbeitsstelle von ihm. Daraufhin schrieb sie an den Professor des Rechenzentrums, meinem Chef, einem Brief, dass ich ihre Ehe zerstören würde. Da der Professor nicht wusste, dass Paul verheiratet war, bat er mich, die Sache in Ordnung zu bringen. Für mich brach eine Welt zusammen. Ich hatte solche Hoffnung wieder eine Familie zu gründen. Paul kam beim nächsten Seminar der Bahn Gruppe mit seinen drei Kollegen nach Dresden. Sie schlossen ihr Gepäck in Schließfächer und wir gingen alle gemeinsam zum Essen und danach fuhren sie in ein Internat der Bahn zur Übernachtung. Paul nutzte dabei einen kurzen Augenblick unseres Alleinseins und teilte mir seine Entscheidung der „Nichtscheidung" mit. Ich war sehr traurig. Mein Traum zerplatzte und obwohl ich von ihm schwanger war, konnte und wollte ich dies nicht als Druckmittel einsetzen um zu hoffen, dass es Grund genug wäre, sich scheiden zu lassen. Ich habe vor Kummer oder Ärger über diese vertrackte Situation das Kind verloren. Was sollte ich auch mit einem dritten Kind und keinen Vater. Ich mochte Paul nun auch nicht mehr mit zu mir nach Hause nehmen. Eine ganze Zeit sahen und hörten wir nichts voneinander. Die Sehnsucht war jedoch so groß, dass wir uns nach einer ganzen Zeit doch Tag für Tag in der Firma anrufen mussten. Wir mussten nur die Stimme des anderen hören, da war für Sekunden der

Himmel wieder blau, die Welt in Ordnung. Am Ende des Telefonats regnete es in unseren Seelen und die Traurigkeit nahm wieder den Alltag in die Hand.

Paul hatte weiterhin oft dienstlich in Dresden zu tun. Ich wollte ihn weiterhin nicht mit nach Hause nehmen. Wir trafen uns dann ab und zu zum Essen in einem Restaurant. Die Stimmung war aber immer sehr gedrückt. Er hatte ein schlechtes Gewissen und ich wollte so gerne eine gemeinsame Zukunft für uns.

Um mich abzulenken habe ich viele Überstunden gemacht. Ich ging mit einer guten Bekannten, die wie ich alleine mit zwei Kindern lebte, ab und zu tanzen. Wir hatten schon Spaß, und ich lernte hin und wieder einen Mann kennen. Nur war ich nun ein gebranntes Kind. Ich wollte bevor ich mich erneut verliebe genau wissen, ob es da im Hintergrund eine Ehefrau und vielleicht noch Kinder gab.

Die Universität hatte auch ein Kinderferienlager für die Kinder der Mitarbeiter. Hier gab es zehn Austauschplätze mit einem Kinderferienlager der Universität Prag. Meine Erfahrungen als Sanitäter aus den vergangenen Jahren waren gefragt, und ich konnte mit Ulrike gemeinsam an die Ostsee fahren. Alice war inzwischen für das Kinderferienlager zu alt und hatte eine Ausbildung zur

Maschinenbauzeichnerin begonnen. Sie blieb zu Hause und kam wunderbar allein zurecht. Die Betreuer im Kinderferienlager waren meist Studenten. Die Jobs waren sehr beliebt, weil es jedes Jahr Austauschkinder und Studenten aus Nachbarländern dabei waren. Bei dieser Reise lernte ich Hanna aus Prag kennen. Sie reiste als Dolmetscherin für die bessere Verständigung der Kinder mit.

Wir waren uns vom ersten Tag an sehr sympathisch. Hanna war eine sehr kluge Frau und arbeitete als Germanistik Dozentin in Prag an der Universität. Wir freundeten uns nach kurzer Zeit an. Wir hatten so viele gemeinsame Interessen, dass wir uns abwechselnd in den nächsten Jahren regelmäßig besuchten. Wir gingen gemeinsam ins Theater ins Kino oder zu Musikveranstaltungen. Wir hatten auch außerdem den gleichen Geschmack was Bücher betraf. So konnten wir uns nach geneinsam gelesener Literatur gut austauschen. Wirtschaftliche Engpässe wie z.B. Artikel von einem heute noch namhaften Kosmetikhersteller waren in Tschechien zu bekommen und Hanna brachte mir bei ihren Besuchen immer das Bestellte mit. Im Gegenzug konnte ich ihr Dinge besorgen, die sie nicht in Prag bekam. So war das auch noch sehr nützlich für uns. Als Germanistik Dozentin musste auch Hanna sich weiterbilden, organisiert wurde das vom Goethe

Institut. So war sie sehr oft in der DDR und hatte in Potsdam und in anderen Städten liebe Freundinnen. Ab und zu, wenn ich sie begleitete lernte ich nicht nur ihren Freundeskreis kennen und schätzen, ich kam in Potsdam, Berlin oder anderswo ins Theater, in die Oper oder ich schaute mir einfach nur die Stadt an. Da Hanna nicht verheiratet war und ich zu diesem Zeitpunkt geschieden, hatten wir nie Probleme, uns bei einem Ehemann oder dergleichen abzumelden. Umso mehr genossen wir die Zeiten, wir waren noch jung und das Leben hatte so viel zu bieten. Die ersten Jahre musste Ulrike mit mir nach Prag reisen. Ich konnte sie nicht allein zu Hause lassen. Sie langweilte sich natürlich, weil wir immer viel auszutauschen hatten.

1977

Als es in meiner beruflichen Laufbahn an der Universität keine weiteren Entwicklungsmöglichkeiten mehr gab, bewarb ich mich im Rechenzentrum eines Elektronikbetriebes. Hier wurde der Energieverbrauch der Firmen und der Bewohner Dresdens ausgewertet und berechnet. Die Bezahlung war besser als an der Universität. Ich wurde von einem jungen Kollegen eingearbeitet. Sein Name war Phillip. Er hatte eine sehr gute Art mir alle Arbeiten, für die wir verantwortlich waren, zu erklären. Leise schlichen sich kleine nette Gesten und Komplimente ein. Bei einer Veranstaltung hatten wir es so arrangiert, dass wir unbedingt nebeneinander sitzen konnten. Als wir dann auch noch zusammen tanzten, war das Eis gebrochen. Wir strahlten uns an und merkten, dass etwas mehr als nur eine nette Freundschaft unter Kollegen entstanden war. Er fand es auch nicht schlimm, dass ich ein paar Jahre älter als er war und noch weniger störte es ihn, dass ich zwei so große Kinder hatte. Wenn er uns drei Mädels besuchte schickte seine Mutter immer etwas Selbstgebackenes mit. Ulrike und Alice waren begeistert. Mit Phillip habe ich meinen ersten und einzigen Winterurlaub erlebt. Ich war noch nie für das Skifahren zu begeistern. Als wir uns dann die berühmten Bretter ausgeliehen hatten, dauerte es nicht lange, und ich landete dem Hintern. Wir hatten viel Spaß und versuchten es dann mit Langlauf. Mein damaliger Chef besuchte uns im Urlaub. Es war ein Betriebsferienheim und er musste einige Wirtschaftlichkeitsrechnungen dort überprüfen und durchführen. Phillip und ich trafen uns mit ihm in einem Restaurant zum Essen. Es war ein sehr offenes und herzliches Treffen. Ich schilderte ihm in einem Moment unter vier Augen meine Ängste wegen des Altersunterschiedes zwischen Phillip und mir. Phillip war mehr als zehn Jahre jünger als ich. Er machte mir jedoch Mut und meinte dass Phillip mir gut tut. Am Ende sagte er mir, dass jeder Mensch andere Werte am Partner sucht und findet.

Phillip war ein großer Fan der Sängerin Marianne Rosenberg. Mir gefiel Marianne natürlich auch sehr. Sang sie nicht seit 1975 den Song „Er gehört zu mir". So habe ich es dann auch gehalten. Ich liebte Phillip und war nun endgültig von der Trennung mit Paul geheilt. Als Elektroniker war er Fachmann und Bastler an TV-Geräten und Radios. Er nahm regelmäßig die einmal in der Woche erscheinende Schlagerparade im Radio auf ein Kassettentonband auf. Als wir einmal ins Kino gingen, haben die Mädchen für ihn diese Musik aufgenommen. Es machte ihnen Spaß, und sie haben viel von ihm gelernt. Ich war sehr glücklich in dieser Zeit, niemals hatte ich vorher ein so schönes behütetes Verhältnis zwischen Menschen kennengelernt. Er hatte außer seiner Arbeit nur noch Zeit für mich. Mich quälten aber trotzdem immer die Ängste, dass Phillip vielleicht doch eine jünger Frau und eigene Kinder haben möchte. Es gab außer dem Altersunterschied keinen einzigen Grund eine Trennung herbei zu führen. Ich beging trotzdem diesen Riesenfehler und schickte ihn unter fadenscheinigen Gründen weg. Ich wollte ihm einen Weg frei machen, den er gar nicht suchte. Trotzdem hatte er auch nicht die Kraft, um mich zu kämpfen.

Wir haben beide furchtbar gelitten. Ich habe es später sehr bereut, dass ich unsere Liebe und unsere mögliche gemeinsame Zukunft so abrupt beendet habe.

Um mich abzulenken entdeckte ich plötzlich die Liebe zur Straßenbahn und wie interessant es sein könnte die Technik dieses großen Fahrzeuges kennen zu lernen und vielleicht auch einmal einen Zug zu fahren. Durch einen Kollegen in meinem Betrieb erfuhr ich, dass er sein Taschengeld mit einem Nebenjob, dem Straßenbahnführen, aufbesserte. Ich lernte ja auch gerne. So begann ich mit der Fahrschule und erlernte das Führen einer Straßenbahn. Dresden hatte ein wunderbar erschlossenes Straßenbahnnetz. Man kam von einem Stadtteil gut mit Tram in den nächsten. Es stellte sich heraus, dass auch der Nebenverdienst nicht zu verachten war.

Wir drei Mädels wollten hin und wieder ein hübsches Kleidungsstück extra kaufen. Dafür gab es zu der Zeit in Dresden und allen anderen Städten der DDR Geschäfte für den gehobenen Anspruch und für die dicke Geldbörse. Nun mussten wir nicht nur staunend am Schaufenster vorbei gehen, wir konnten auch ab und zu mal etwas Hochwertiges einkaufen. Die Kleidungsstücke kamen meist aus Exportüberhängen oder manchmal auch aus dem westlichen Ausland wie Frankreich, Italien und aus der BRD. Also überlegte ich nicht lange und sprach mit den Kindern über die Möglichkeit eines Nebenjobs. Meine Kinder waren im Haushalt sehr selbständig, sie übernahmen viele Aufgaben. Ich konnte mich darauf verlassen, dass durch die zusätzliche Arbeit bei der Straßenbahn, für mich der Stress nicht zu groß würde. Die Verkehrsbetriebe der Stadt suchten ständig neue Fahrer. Viele Einsätze wurden von den Nebenjobbern in der Zeit vor Arbeitsbeginn oder nach Büroschluss geleistet, weil da der Berufsverkehr mit größeren Verkehrsaufkommen abgedeckt werden musste. Außerdem fehlten an den Wochenenden ebenfalls Mitarbeiter und so konnte ich fast jeden Monat zwischen vierzig und siebzig Stunden zusätzlich arbeiten. Mein Arbeitgeber musste diese Nebentätigkeit natürlich genehmigen. Dazu fand eine Besprechung mit der Betriebsleitung statt. Nun kommt, was wir immer vermutet hatten. In der Personalakte stand mein ganzes Leben aufgeschrieben und der Staat mischte sich überall ein, manchmal unauffällig, manchmal spürbar. Vor der Zeit meiner Tätigkeit an der Universität hatte ich mich mehrmals mit einem Mann verabredet und getroffen. Was ich erst nicht wusste, er kam aus Köln. Natürlich ruft das sofort wieder die Staatssicherheit auf den Plan. Es kam mir damals manchmal komisch vor, dass uns oft ein Auto mit zwei Herren begleitete, bzw. vor meiner Haustüre stand. Schmierlappen. Auch wenn ich mit dem Freund zum Essen ins Restaurant ging, saß am Nebentisch ein einzelner Herr mit einer Zeitung und machte lange Ohren in Richtung unseres Tisches. Nun musste ich erfahren, dass diese belanglose Bekanntschaft in meiner Personalakte stand. Ich wurde zu einer Besprechung mit der Betriebsleitung eingeladen. Man hatte als Tagesordnungspunkt den Beschluss einer Freistellung von meinen beruflichen Aufgaben aufgesetzt. Ich wurde gefragt, warum ich diese Tätigkeit aufnehmen wollte. Ich erklärte, als alleinerziehende Mutter von zwei Mädchen könnte ich das zusätzliche Geld gut gebrauchen. Danach fragte man mich, ob ich noch Kontakt zur

BRD hätte, und ob ich vor habe, einen Ausreiseantrag zu stellen. Ich konnte mit ruhigem Gewissen beides mit nein beantworten. Diese kurze Episode im Jahr 1973 mit dem Freund aus Köln war gescheitert. Seine Eltern wollten keine „rote Socke", so nannte man die DDR Bürger, in ihrer Familie aufnehmen. Ich wäre vielleicht mit ihm in die BRD übergesiedelt, weil ich dort hoffte, eine neue Familie zu gründen. Seine Vorstellung war sogar, mich einfach mitzunehmen. Er fand die Mädchen in Ordnung und die kurzen Momente, die wir mit ihm verbrachten, waren für alle Beteiligten wirklich immer schön. Jedoch trübte auch diese kurze Episode das wichtigste im Leben - das Geld. Wir feierten in Prag zusammen Silvester. Er hatte mir beim letzten Besuch in Dresden zweihundert D-Mark gegeben. Ich sollte mir davon etwas Schönes im Intershop kaufen. Ich kaufte mir eine tolle Winterjacke, Alice bekam ein paar Jeans, Ulrike einen Pulli. Meine Freundin Gitta überredete mich zu ein paar Lederstiefeln im Schuhgeschäft. Ja, ich brauchte Stiefel, aber mein Haushaltsgeld reichte nicht. So überredete Gitta mich, ihr ein paar D-Mark zu verkaufen. Man tauschte meistens eine D-Mark gegen vier DDR Mark. Ich, unerfahrene und viel zu ehrliche Person, erzählte in Prag nun meinem Freund davon. Seine Reaktion war erschreckend. Er konnte das nicht verstehen, schimpfte so sehr darüber und wollte dann sogar ein anderes Zimmer im Hotel beziehen. Nun hatte ich alles kaputt gemacht. Wir haben uns nie wieder gesehen.

Nachdem ich ein Schreiben unterschrieben hatte, dass ich eine treue Staatsbürgerin bin, konnte ich die Ausbildung als Triebwagenführerin beginnen. Erstaunlich, dass ich nicht als Spitzel erpresst und angeworben wurde.

Drei Monate lang habe ich alles über die Straßenbahn und die Verkehrsregeln gelernt. Wir waren fünf „Lehrlinge", die während der Ausbildungszeit täglich acht Stunden mit der Straßenbahn Fahrschule unterwegs waren. Es gab tolle Erlebnisse während dieser Ausbildungszeit. Unser Fahrlehrer provozierte realistische Situationen, um unser Verhalten bei Störungen zu trainieren. Einmal fuhren wir eine Strecke die etwas außerhalb der Stadt lag. Die Gleise befanden sich neben der Straße an einem Waldgebiet. Der gerade fahrende Kollege machte ohne Ankündigung eine Gefahrenbremsung. Der Fahrlehrer lächelte und erklärte uns, dass wir wegen eines Eichhörnchens natürlich mit Fahrgästen keine Gefahrenbremsung machen sollten. Eines Tages, ich führte die Tram und wir fuhren über ein sehr große Kreuzung. Dort begegnen sich sehr viele Straßenbahnen. Der Fahrlehrer machte uns auf einen Zug aufmerksam, der mit dem besten Fahrer mit langer Berufserfahrung vor uns eine Weiche befuhr. Eine Weiche befährt man nicht zu schnell, er tat das auch sehr behutsam. Es sah alles perfekt aus. Leider war die Weiche nicht in Ordnung. Wir beobachteten den Zug vor unserem Wagen, der plötzlich entgleiste. Er verursachte damit an diesem wichtigen Knotenpunkt einen stundenlangen Stau. Nur der Kranwagen konnte den entgleisten Waggon herausheben. Für uns eine gute Lehrstunde und keine gespielte Störung. Wir trainierten natürlich auch den Stromausfall. Der Fahrlehrer simulierte einen Stromausfall. Er zog an einem Seil den Stromabnehmer von der Leitung ab, und es ertönte ein Signal. Wir hatten während der drei Monate Ausbildung keine einzige echte Störung außer der Entgleisung an der großen Innenstadtkreuzung. Später, beim Fahren mit Fahrgästen, kam es doch manchmal zu Störungen. Bevor wir die Straßenbahn allein mit Fahrgästen fahren durften, mussten wir noch viele Stunden mit einem Lehrfahrer absolvieren. Der Lehrfahrer mit dem ich unterwegs war hatte den Namen Rose. Als wir an einem Endpunkt ankamen, stand auf dem Nebengleis ein anderer Zug. Diese Straßenbahn führte der Fahrer mit dem Namen Nelke. Eine ältere Dame ging von einem Zug zum anderen und las die Namensschilder. Dann fragte sie: „Wer fährt zuerst, die Rose oder die Nelke"?

Das Anfängerglück, oder Anfängerleid war mein Begleiter. Bei einer meiner ersten Fahrten allein hatte ich eine Kollision mit einem PKW Trabant. Ich stand auf einer kleinen Anhöhe mit meiner Linie „Sieben" und musste nach der Fahrgastabfertigung in einen eingleisigen Bereich fahren. Dafür gibt es eine Ampel, die selbstverständlich grün leuchtete. Am Ende meines Zuges der fünfundvierzig Meter lang war, stand ein Trabant und wartete bis alle Fahrgäste ein und ausgestiegen waren. Die Straße hatte leichtes Gefälle. Ich fuhr also langsam an und der Trabant raste an allen Wagen vorbei. Auf Höhe meines Führerhauses beschleunigte er noch einmal, blinkte links und stand plötzlich wegen des Gegenverkehrs auf den Gleisen und bremste. Ich leitete sofort eine Notbremsung ein und konnte jedoch ein Auffahren nicht mehr vermeiden. Der Zug hatte auf dem Gefälle so eine große Schubkraft, es kam zum Auffahrunfall. Der Fahrer im Auto des Gegenverkehrs hatte die Situation rechtzeitig erkannt und blieb zurück. Der Trabant wurde glücklicherweise durch den Aufprall nur in den Gartenzaun auf der linken Straßenseite geschoben. Ich war geschockt und starrte wie gebannt auf das Auto. Es wurden Türen geöffnet, ein Mann, eine Frau und ein Kind stiegen unverletzt aus.

Mir fiel ein Stein vom Herzen, es war keiner zu Schaden gekommen. Nachdem wir alle Daten ausgetauscht hatten, und die Leitstelle mit einem Werkstattwagen zur Überprüfung kam, bin ich zwei Stunden später weiter gefahren. Das war sehr gut. Hätte ich ausgesetzt, wäre ich vielleicht vor Angst nie mehr in den Führerstand einer Tram gestiegen.

Dieses zweite Arbeitsverhältnis habe ich sieben Jahre neben meiner Hauptbeschäftigung im Büro ausgeübt. Mir ist niemals wieder ein Unfall passiert. Ich musste aber jedes Jahr die Zustimmung meines Betriebes für die Ausübung dieses Nebenjobs einholen. Es war ein schöner Job. Ich fuhr Menschen durch die Stadt und erlebte im Zug so manches Drama wenn sich abends nach Feierabend Pärchen stritten. Oder es kam schon mal vor, dass etwas liegenblieb. Wenn der Besitzer dann seine verlorene Sache wiederbekam und extra den Führer der Tram dankte, habe ich mich immer gefreut. Ich bin gerne an den Wochenenden und in der Woche nachdem meine Büroarbeit abgeschlossen war meist auch noch vier Stunden gefahren. Es lenkte mich von meinem Alleinsein ab, und außerdem hatte ich etwas Taschengeld zusätzlich.

1978

Alice hatte nach ihrer Lehre in dem Ausbildungsbetrieb, einem Maschinenbau Unternehmen eine Stelle als Maschinenbauzeichnerin übernommen. Sie war schon ein paar Jahre mit einem Jungen befreundet. Er ging mit ihr in die gleiche Schule und wohnte in der Nachbarschaft. In unserer Zweieinhalbzimmerwohnung bewohnten sie das kleinere Zimmer. Ulrike schlief bei mir im Schlafzimmer. Die beiden Großen waren schon ein richtiges Paar und richteten sich auf den elf Quadratmetern hübsch ein. Eines Tages brachten sie mir die freudige Botschaft einer Schwangerschaft. Ich sollte Oma werden. Es ist wirklich schön, so jung Oma zu werden. Ich war gerade neununddreißig Jahre alt und die jungen Eltern wurden in dem Jahr zwanzig. An eine eigene Wohnung, ohne verheiratet zu sein, war gar nicht zu denken. Deshalb zwang uns die Wohnungsvergabesituation zu folgendem Schritt: Wir versuchten für die Zweieinhalbzimmerwohnung zwei einzelne kleinere Wohnungen zu tauschen. Tatsächlich fanden wir ein junges Paar, die zusammen wohnen wollten und jeder eine kleine Wohnung hatten. So zog Alice mit dem Baby im Bauch und ihrem Freund Alexander in eine kleine Einzimmerwohnung im Norden der Stadt. Ich zog mit Ulrike in eine Zweizimmerwohnung ziemlich zentral. Beides waren Neubauwohnungen, nur die Zweizimmerwohnung hatte schon Zentralheizung. Alices Wohnung hatte noch Ofenheizung. In meiner Wohnung waren im Badezimmer an den Wänden keine Fliesen und die Badewanne stand frei. Meine kleine Küche war im Wohnzimmer integriert. Alice und Alexander freuten sich riesig, ein eigenes Heim zu bekommen. Das Baby wurde im Oktober geboren. Sie arrangierten sich in dem kleinen Einzimmerappartement. Sie waren zu dritt so glücklich, dass es erst einmal nicht störte. Mit einem Baby war der Nachtschlaf natürlich sehr unruhig. Alexander musste aber morgens zur Arbeit. Deshalb versuchten sie ihr Glück noch einmal mit Wohnungstausch. Tatsächlich, die Nachbarin von ihnen wollte gerne ihre Mutter zu sich holen. Die alte Dame hatte im Stadtzentrum eine Zweizimmer -Altbauwohnung ohne Bad und mit einer großen Wohnküche. So war die Sache ziemlich schnell klar. Der Tausch wurde vollzogen und der junge Vater hatte jetzt eine Möglichkeit, nachts im zweiten Zimmer zu schlafen, wenn es im Schlafzimmer zu unruhig wurde. Mit sehr viel Mühe wurde die Altbauwohnung saniert. Alexanders Vater holte Handwerker heran, und es wurde gewerkelt, eine Duschkabine eingebaut und alles sehr schön hergerichtet. Ich erinnere mich immer wieder gerne an die Toilette. Alice hat die Wände mit Tapeten beklebt, auf denen ein Birkenwald gedruckt war. Man ging sprichwörtlich in den Wald wenn man mal musste. Der Flur war sehr groß. Enkelin Christa bekam dort ihre Spielecke und konnte mit dem Dreirad im Flur hin und her fahren. Nun war auch der Weg zwischen unseren beiden Wohnungen nicht mehr so weit.

1981

hatte ich zum zweiten Mal geheiratet. Ich hatte Niklas beim Straßenbahndienst kennengelernt, wo wir nebenberuflich bei den Verkehrsbetrieben eingesetzt waren. Er arbeitete in einem Betrieb der Mikroelektronik als Konstrukteur und fuhr ebenfalls in seiner Freizeit Straßenbahn.

Der Vater von Niklas lebte in Raisdorf bei Kiel. Er war in Neuss geboren und hatte im 2. Weltkrieg und während eines Aufenthaltes in einem Lazarett in Thüringen seine Frau kennengelernt. Sie heirateten und bekamen zwei Kinder - Niklas und ein Mädchen mit Namen Sonja. Als der Vater in den fünfziger Jahren zu seinen Eltern nach Neuss fuhr, erkannte er die wirtschaftlich bessere Entwicklung im Westen Deutschlands. Er fuhr das nächste Mal mit der ganzen Familie zu seinen Eltern, um ihnen alles zu zeigen und sie zu überreden, dort zu bleiben. Aber seine Frau wollte ihre Heimat, ihr Thüringen, nicht verlassen. Ihre Eltern und ihr Bruder lebten dort. So ist der Vater von Niklas bei einem Besuch seiner Eltern dann einfach in Neuss geblieben und hat dort Arbeit gefunden. Durch die Trennung von seiner Frau und den Kindern und die große Entfernung kam es dazu, dass er eine andere Frau kennenlernte, sich scheiden ließ und wieder heiratete. Den Kontakt zu seiner ersten Frau, den Kindern und der ganzen Familie in Thüringen wurde aber stets gepflegt durch Besuche, die später nach 1961 nur noch durch ihn wahrgenommen werden konnten, da inzwischen die Mauer gebaut wurde, die ein geteiltes Deutschland zur Folge hatte. Man konnte ab sofort nur noch mit einem Antrag und bei festlichen Familienzusammenkünften in die BRD reisen. Aus der BRD einreisen konnten die Bürger, indem sie 30 DM pro Tag bezahlen mussten. Den Unterhalt für die beiden Kinder aus erster Ehe in Thüringen konnte der Vater auf einem Sparbuch einzahlen. Diesen Unterhalt zahlte er, als die beiden Kinder erwachsen waren, aus. Die Mutti der beiden Kinder Niklas und Sonja überließ Sonja den Unterhaltsbetrag. Für sie war es gut zu sehen, dass ihre Tochter sich dadurch ein Auto kaufen konnte. Niklas war damals damit ebenfalls einverstanden.

Als ich dann an Gebärmutterhalskrebs erkrankte, war Niklas sehr verständnisvoll und fürsorglich, da er ja selbst Erfahrung durch seinen langen Krankenhausaufenthalt hatte.

An einem Wochenende waren Niklas und ich wieder mit unserer Straßenbahnen als Fahrer unterwegs. Wir winkten uns bei jeder Begegnung unserer Züge immer fröhlich zu. Niklas war ein sehr heiterer Typ und hatte ein strahlendes Lächeln. Schon längere Zeit versuchte er, mit mir

Kontakt aufzunehmen, nachdem er mir beim Straßenbahnfahren an den Sonntagen begegnet war. Er rief im Büro des Straßenbahnhofes an, um sich nach mir zu erkundigen. Dort gab man ihm aber keine Auskunft. Die Büroangestellte übermittelte mir nur, dass ich ihn anrufen sollte. Ich hatte zu diesem Zeitpunkt jedoch keine Lust auf irgendwelche Bekanntschaften. Dann musste Niklas 1980 wegen einer sehr komplizierten Operation ins Krankenhaus. Nach seiner Entlassung aus dem Krankenhaus und nach seiner Genesung war er in der Stadt unterwegs und sah mich in der Straßenbahn. Er fuhr mit und sprach mich dann am Endpunkt in der Pause an. Wir schwatzten und verabredeten uns für den nächsten Tag. Er erzählte mir von seiner Krankheit. Seine Fröhlichkeit war auch verschwunden. Die Krankheit zog ihn so in Depressionen, dass er nicht mehr weiterleben wollte. So habe ich versucht, ihm Mut zuzusprechen. Es belastete ihn aber noch ein anderes Problem. Er war zum zweiten Mal verheiratet und seine Frau konnte mit seiner Krankheit nicht umgehen. Sie wollte die Trennung, da es sowieso in der Ehe der Beiden schon längere Zeit kriselte. Niklas hatte zwei Söhne aus zwei Ehen. Ich hatte zum Glück keine Unterhaltsverpflichtungen meinen Kindern gegenüber. Sollte ich wirklich mit diesem Mann eine Ehe eingehen – als dritte Ehefrau? Mutig wagte ich es, mich auf diese Ehe einzulassen. Längere Zeit hatten wir mit seinem älteren Sohn Tim Kontakt. Er war inzwischen zwölf Jahre alt und kam uns an manchen Wochenenden besuchen. Tim fühlte sich wohl bei uns und hatte schnell ein gutes Verhältnis zu Ulrike und Alice. Einmal waren wir zusammen bei meiner Alice und Alexander zum Kaffee. Sie zeigte mir eine neu gekaufte hübsche Kette. Dabei stand die Schachtel Modeschmuck auf dem Tisch. Meine Tochter merkte dabei nicht, dass eine Holzperlenkette nicht mehr in der Schachtel war, als sie die Dose ins Schlafzimmer brachte. Als wir wieder bei uns in der Wohnung waren, packte Tim seine Sachen. Dabei fiel die Holzperlenkette herunter. Ich erkannte sofort, dass es die Kette von Alice war und stellte Tim zur Rede. Sie hätte ihm so gefallen, und er hatte sich nicht getraut danach zu bitten. So hat er sie sich unbemerkt eingesteckt. Ein Zwölfjähriger, ein übermütiger Teenager, eine strenge Mutter zu Hause? Ich war entsetzt, dass er gestohlen hatte. Wir erfuhren später, dass er schon öfter gestohlen hatte und auch schon dafür bestraft wurde. Er hatte als Schüler Post ausgetragen, dabei hatte er Pakete verschwinden lassen. Bei der Post durfte er seitdem nicht mehr aushelfen. Seine kriminelle Laufbahn nahm kein Ende. Mit einer Gruppe Jugendlichen hatte er an politischen Feiertagen wie

1. Mai, 7. Oktober, Tag der Republik, randaliert und Plakate und Fahnen beschädigt. Dafür wurde er verhaftet und zu einer Jugendgefängnisstrafe verurteilt. Seit der Zeit arbeitete Tim bei der Staatssicherheit als inoffizieller Mitarbeiter.

Niklas war nach unserem Kennenlernen relativ schnell mit in meine Wohnung eingezogen. Ulrike war schon seit einiger Zeit zu Hause ausgezogen. Sie hatte in der Zwischenzeit einen Freund mit dem sie durch großes Glück und etwas „Schmiergeld", eine Wohnung bekamen. Alice arbeitete damals bei der Wohnungsverwaltung und da gab es „alte Hasen", die sehr viel Einfluss hatten und gerne mal ein paar Mark zusätzlich gebrauchen konnten. Es waren zwei kleine Zimmer mit einer sehr kleinen Küche und ohne Badezimmer. Auf dem Flur wurde eine Schrankbadewanne aufgestellt und installiert. Die Toilette war im Treppenhaus hinter einem Holzverschlag eingebaut. Die drei Wohnungen in der oberen Etage hatten dort nebeneinander ihre Toiletten nur durch eine Holzwand getrennt. Das Wohnzimmer hatte einen hübschen Erker mit Blick auf die Bahngleise.

Ich hätte nie gedacht, dass unsere Ehe für Niklas so schnell an Reiz verlor. Er lernte auf dem Weg zur Arbeit eine Frau kennen, die er sehr attraktiv fand. Sie verdrehte ihm den Kopf. Er wusste lange Zeit nicht, für wen er sich entscheiden sollte und kam ab und zu nachts nicht nach Hause. Ich hatte das alles doch schon erlebt. Nun schon wieder. Wie verrückt ist diese Welt, oder habe ich nur keine Ahnung einen Mann richtig an mich zu binden. Ich hatte überhaupt keinen Stolz und habe mich damals sehr erniedrigt. Wir hatten vor, zusammen einige Tage Urlaub bei Niklas Mutti und Schwester in Thüringen zu machen. Alles war geregelt. Als ich einen Tag vor dem geplanten Urlaub nach Hause kam, stand ein Piccolo Sekt auf dem Tisch und eine Nachricht, dass ich nicht auf ihn warten solle. Er würde mit seiner Freundin in den Urlaub fahren. Er entschuldigte sich und schrieb, wenn er wieder nach Hause käme, würden wir von vorn anfangen. Die ganze Nacht habe ich geweint. Auch am nächsten Tag fand ich keinen Weg aus dieser Schlappe. Wie sollte ich mich verhalten. Plötzlich klingelte unser Nachbar bei mir. Er besaß ein Telefon und Niklas hatte bei ihm angerufen. Niklas erklärte mir am Telefon, dass er in Thüringen in einem Ferienheim mit seiner Geliebten die Zeit verbrachte. „Setz dich in den Zug und komm her, ich habe mit meiner Mutti gesprochen, dass du kommst. Dann komme ich auch dorthin", waren seine Worte. Natürlich hatte ich sofort Hoffnung, dass wir dann wieder zusammen sein könnten. Ich fuhr also da hin und erzählte seiner Schwester am nächsten Tag die Geschichte. Sie fuhr sofort mit ihrem Trabant in den Ort zu Niklas. Sie wollte mit ihm sprechen und ihm den Kopf waschen. Er kam danach für zwei Tage zu mir. Ich bettelte ihn, dass er bleiben solle, aber er wollte die Frau nicht so im Urlaub in Stich lassen. Sie hatte diesen Ferienplatz bezahlt. Ich hoffte wenigstens, dass er bei der Heimreise mit mir im Zug fahren würde. Aber sie waren einen Tag früher abgereist. Ich bin schon ganz schön gutgläubig gewesen. Irgendwann später sprach mich ein Straßenbahnfahrer an. Er war meinem Mann in seinem Haus begegnet. Dort wohnte die Freundin meines Mannes. Er hatte Niklas gesehen, wie er zu seiner Nachbarin in die Wohnung ging, und wie sie später Hand in Hand spazieren gingen. Er fragte mich, ob wir getrennt wären. Der Freund dieser Frau hatte im Gefängnis eine Haftstrafe abzubüßen. Sie wollte auch auf ihn warten, hatte sie dem Nachbarn erzählt. Insgeheim schöpfte ich Hoffnung, Niklas wieder für mich zu gewinnen. Wieder konnte ich mit diesen Erkenntnissen und der schrecklichen Situation nicht umgehen. Ich nahm allen Mut zusammen und habe sie bei einer Begegnung zur Rede gestellt und gefragt, warum sie unsere Ehe zerstören wolle. Sie antwortete: „Auf mich hat auch keiner Rücksicht genommen". Das ist doch kein Grund eine Ehe zu zerstören. Ihre Härte war für mich unbegreiflich.

Sie ließ auch nicht ab von Niklas. Ständig fuhr sie bei seinen Diensten in der Straßenbahn einige Runden mit ihm. Als Niklas eines Tages wieder nicht nach Hause kam, konnte ich diese Dreistigkeit nicht fassen. Ich rief am nächsten Tag in seiner Firma an und stellte ihn zur Rede, er stammelte irgendwelche Ausreden. Nachdem er sich mehrfach wiederholte, seine Flunkerei und seine Ausreden wurden immer diffuser, reichte ich die Scheidung ein. Er kam ab sofort wieder pünktlich von der Arbeit nach Hause und schwor es sei vorbei, bitte nimm die Scheidung zurück, wir wollten doch Tim zu uns holen. Da ich nicht wieder mit der Ehe scheitern wollte und jeder eine neue Chance verdienen sollte, habe ich die Scheidung zurückgezogen. Später erfuhr ich von einer Kollegin in seinem Institut, dass sie alle nicht gewusst haben, dass wir geheiratet hatten, denn er hatte es dort nicht erzählt und trug bei der Arbeit nie seinen Ehering.

1983

Wenn wir weiterhin an den Wochenenden unseren Dienst bei der Straßenbahn machten, hatten wir stets Einsatz auf zwei aufeinanderfolgenden Straßenbahnzügen. Diese fuhren im Abstand von fünfzehn Minuten. Meist fuhr ich den ersten Zug und hatte fünfzehn Minuten vor Niklas Feierabend. Ich fuhr am Ende des Dienstes nach Hause und bereitete das Essen für uns. So merkte ich nicht, dass zu seinem Dienstende stets die Freundin auf ihn wartete und sich kurz mit ihm traf. Zufällig fuhr ich einmal nicht sofort nach Hause und wartete auf seinen Zug an der Ablösestelle, weil ich mit ihm zusammen nach Hause fahren wollte. Da sah ich die Dame plötzlich, sie stand da und wartete auf Niklas. Ich sprach sie einfach an und bat sie, uns in Ruhe zu lassen. Sie völlig kalt, zeigte keine Reaktion, nur ein abwertendes Lächeln. Wenigstens fuhr Niklas dann nach seinem Dienstschluss mit mir nach Hause. Zu unserem nächsten Einsatz bei der Straßenbahn hatten wir wieder zwei aufeinanderfolgende Züge, auf denen wir Dienst machten. Die Frau stand wieder an der Fahrerkabine und unterhielt sich mit meinem Mann. Eine Stunde später, bei unserer nächsten Begegnung, stand sie noch immer hinter seiner Fahrerkabinentür und redete fröhlich auf ihn ein. Ich nutzte den Moment und lief schnell zu seinem Zug. Ich bat sie, den Zug zu verlassen, denn wenn sie während des achtstündigen Dienstes ständig mitfahren würde, wäre das für mich sehr anstrengend, belastend. Sie antwortete lächeln: „Niklas, sag es ihr endlich, dass du heute zu mir ziehst". Das war ein Schlag mitten ins Gesicht! Ich war nicht mehr in der Lage, meinen Dienst bis zum Ende der Dienstzeit durchzuhalten. Am Straßenbahnhof bat ich um Ablösung. Es war kein Ersatzfahrer frei, deshalb musste ich die Fahrgäste bitten auszusteigen. Ich musste die Fahrt abbrechen und ging nach Hause. Er kam trotzdem nach Hause. Es war jedoch kein Zustand mehr. Ständig hatte ich Angst, war angespannt und litt unheimlich unter diesen Bedingungen.

1984

Niklas Vater wurde plötzlich schwer krank. Niklas wollte unbedingt seinen Vater noch einmal sehen. Also stellte er für die Reise einen Antrag auf Besuchserlaubnis. Dieser Antrag wurde von den Behörden abgelehnt. Keine Reise, kein Besuch beim sterbenden Vater. Es blieb uns nur der Ausweg, einen Ausreiseantrag zu stellen. Die Situation in der DDR war zu dieser Zeit sehr zugespitzt. Viele Leute und selbst die Medien des Westdeutschen Rundfunks warnten vor voreiligen Handlungen. Es gab mehrere Republikfluchten, es gab Ausweisungen von Prominenten Künstlern. Was es jedoch nicht gab waren Apfelsinen, Bananen, Bettwäsche, Tomatenketchup, Toilettenpapier, Radeberger Pilsner rationiert fünf Flaschen und überall lange Schlangen. Immer mehr Menschen demonstrierten, indem sie in ihren Stuben saßen und Pläne schmiedeten, wie man die Situation verbessern könnte. Die Staatsicherheit war zu dem Zeitpunkt so wachsam und lag überall auf der Lauer. Wir hörten auch von Verhaftungen in unserem Bekanntenkreis. Die Unzufriedenheit der Menschen war riesengroß.

Unser erneut gestellter Ausreiseantrag wurde wieder abgelehnt. Daher wollten wir in Berlin in der ständigen Vertretung um Hilfe bitten.

Nun kamen wir in Berlin an einem Freitagvormittag an und gingen zur ständigen Vertretung der BRD. Das heißt, Niklas ging hinein. Ich wartete draußen auf der anderen Straßenseite. Niklas erklärte dem Angestellten seine Situation und fragte, wie er sich verhalten sollte. Leider konnten die Mitarbeiter keine Hilfe anbieten. Nach einiger Zeit kam Niklas wieder aus dem Gebäude und zu mir auf die andere Straßenseite. Da tritt ein uniformierter Polizist zu uns und wollte unsere Ausweise sehen. Er notierte alle wichtigen Daten und Angaben, und dann konnten wir gehen. Wir verbrachten den Tag noch in Berlin und fuhren dann nichtsahnend wieder nach Dresden zurück. Das Wochenende verging und Niklas und ich gingen am darauffolgenden Montag zur Arbeit. Als Niklas am Montag zum Feierabend nicht nach Hause kam war meine Vermutung, er sei wieder bei seiner Freundin. Ich blieb aber ruhig. Ich dachte nun, vielleicht hat er ihr endlich von unseren Plänen der Ausreise erzählt. Vielleicht gibt sie nun auf. Ich träumte davon, ihn zurück zu bekommen. Am Dienstag rief ich dann von meinem Betrieb bei ihm auf der Arbeit an. Das Telefonat wurde weitergeleitet zur Sekretärin des Betriebsleiters. Man teilte mir mit, dass Niklas gestern Morgen von zwei Beamten der Staatssicherheit abgeholt und mitgenommen wurde. Ein Glück dass ich schon saß, diese Nachricht hätte mir den Boden unter den Füßen weggezogen. Nun war guter Rat teuer. Ich telefonierte mit dem Polizeipräsidium in Dresden und man konnte mir sofort sagen, dass Niklas in Untersuchungshaft festgehalten wurde. Am nächsten Tag hatte ich von meinem Betrieb einen Dienstauftrag in Karl-Marx-Stadt, heute Chemnitz, durchzuführen. Da ich mit dem Zug längere Zeit unterwegs gewesen wäre, rief ich kurzerhand ein Taxi und fuhr mit diesem nach Karl-Marx-Stadt. Als ich meinen Dienstgang erledigt hatte, fuhr mich der Taxifahrer wieder nach Dresden. Ich bat ihn in Dresden weiterhin, mit mir in das Untersuchungsgefängnis zu fahren, da ich für meinen Mann auch die notwendigen Hilfsmittel für seinen künstlichen Darmausgang mitnehmen musste. In der Zwischenzeit hatten wir uns sehr nett unterhalten und er wusste genau, in welche Gefahr ich mich begab. Als ich ihm sagte, dass mein Mann dort in U-Haft sitzt, sagte er, ich sollte meine Tasche mit Inhalt außer dem Personalausweis bei ihm lassen. Ich gab ihm die Adresse von Alice. Falls ich nicht wieder käme, wollte er meine Sachen dort abgeben. Dabei stellte sich heraus, dass er Alexander vom Taxi fahren kennen würde, sie waren Kollegen. Er versprach eine halbe Stunde zu warten.

In der Untersuchungshaftanstalt übergab man mir die persönlichen Sachen meines Mannes –

außer seinem Schlüsselbund. Man teilte mir mit, dass einige Beamte auf dem Weg zu mir seien, um mit mir zu sprechen. Diese Leute hatten dann auch den Schlüssel dabei, um ihn mir zu übergeben. Ich konnte mit dem wartenden Taxi wieder nach Hause fahren. Dort bekam ich einen großen Schreck, denn die Beamten der Staatsicherheit hatten Alice in meine Wohnung bestellt. Sie hatten noch eine Nachbarin als Zeugin dazu geholt, und nun waren sie schon in unserer Wohnung. Ein unangenehmer Typ im Polyesteranzug hielt mir einen Wisch unter die Nase. Es war der Durchsuchungsbefehl. Drei Beamte der Staatsicherheit waren damit beschäftigt, in jede Schublade nach irgendetwas zu suchen. Es wurden alle Sachen durchwühlt und teilweise aus den Schränken gezerrt. Was erhofften sie sich zu finden? Uns ist nichts aufgefallen, was sie hätten mitnehmen können. Als sie fertig waren und die Wohnung verließen, schauten wir uns an und waren entsetzt. Jahrelang lebten wir in dieser Diktatur als unbescholtene Menschen, gingen unserer Arbeit nach und genossen das Leben so gut es ging. Nun, auf einmal wühlen so ein paar „Schmierlappen" selbst in der Unterwäsche herum. Das mussten wir erst einmal verkraften. Am nächsten Tag, wir hatten uns von dem Schrecken fast erholt, klingelten schon wieder zwei Beamte bei mir. Sie erklärten, dass bei der Wohnungsdurchsuchung etwas übersehen wurde und verlangten erneut Einlass. Ganz zielsicher gingen sie an einen Schubkasten. Dort befanden sich unsere wichtigen Unterlagen, wie Ausweise und Urkunden. Sie nahmen dort Niklas´ Wehrpass und beschlagnahmten ihn. Ich durfte das Protokoll unterschreiben, sie gaben mir endlich den Schlüssel von Niklas und weg waren diese Leute.

Nun wurde Niklas der Prozess gemacht. Die Verhandlung fand unter Ausschluss der Öffentlichkeit statt, ich musste erst einmal den Gerichtssaal verlassen. Meine Güte, was für ein komisches Gesetz – ich bin Öffentlichkeit – ich bin nicht die Frau des Angeklagten. Er wurde wegen Übermittlung von Daten und Nachrichten bei seinem Besuch der Ständigen Vertretung in Berlin zu achtzehn Monaten Gefängnis verurteilt. Ich durfte Niklas nur von weitem sehen. Eine Putzfrau auf dem Flur des Gerichtes gab mir den Tipp an welchem Fenster man schauen musste, um die Häftlinge zu sehen. Und ich sah, wie er im Gerichtshof mit Handschellen abgeführt und weggebracht wurde. Er wurde in ein Haftanstalt in Naumburg/Thüringen gebracht, und hatte ich die Möglichkeit, ihn alle vier Wochen für eine Stunde im Gefängnis zu besuchen. Es gab natürlich Vorschriften, was man zu Besuch in das Gefängnis mitbringen durfte. Meist brachte ich etwas Obst mit. Äpfel, Äpfel und Äpfel. Jedes Mal

Rasierwasser. Alles wurde vor der Übergabe geprüft. Als ich ihn fragte, was sie mit dem Rasierwasser anstellen würden, sagte er mir, sie würden es tauschen gegen etwas anderes. Die Rasierwasser Profis im Gefängnis jedoch machten daraus trinkbaren Alkohol. Ich durfte ihm so oft schreiben, wie ich wollte. Niklas durfte nur zwei Briefe im Monat schreiben und nur an eine einzige Adresse. Alle Briefe, die ich ihm schrieb, bekam er in geöffneten und kontrollierten Zustand ausgehändigt. Eines Tages stand die ehemalige Geliebte meines Mannes vor der Tür und wollte seine Sachen abholen. Sie reichte mir einen Brief zum Lesen. Dort schrieb er, ich möge ihr seine Sachen aushändigen, und dass er nach seiner Entlassung zu ihr ziehen würde. Ich konnte es nicht glauben. Machte der Frau die Tür vor der Nase zu und fragte ihn bei meinem nächsten Besuch danach. Er erklärte mir, dass er zu seinem Geburtstag im Gefängnis Post von seiner Schwester bekommen konnte und darauf antworten durfte. Dabei hatte er die Adresse seiner Geliebten angegeben und nicht die seiner Schwester. Wenn ich heute darüber nachdenke, könnte der Brief natürlich auch aus einem Briefwechsel in der Untersuchungshaft stammen. Denn nur da war er sich nicht im Klaren ob er denn wirklich die Ausreise erhalten wollte. Nach der Verurteilung war sich Niklas sicher, dass er zu seinem Vater in die BRD gehen würde. Nun stand wieder ein Besuchstermin an, und ich durfte Niklas nicht sehen weil er verlegt wurde. Wie wir damals hörten, war eine Verlegung von politischen Gefangen immer eine Sondersituation. Ich hatte auch nichts unversucht gelassen. Ich ging weiterhin jede Woche zur Sprechstunde in die Stadtbezirksbehörde für Inneres. In der Behörde konnte man bei Ausreiseanträgen seinen Willen, weiterhin ausreisen zu wollen, kundtun. Gleichzeitig erfuhren wir, dass es einen namhaften Rechtsanwalt in Berlin gab, Organisator des ersten Agentenaustausches (1962) im Kalten Krieg. Er war Unterhändler der DDR beim so genannten Häftlingsfreikauf. Wieder fuhr ich nach Berlin, dieses Mal allein. Ich traf den Rechtsanwalt und er erklärte mir, dass er sich um die Angelegenheit kümmern würde. Von ihm wurde mir ein Rechtsanwalt in Dresden benannt, der ihn bei der Verhandlung vertreten würde. Dieser Anwalt kontaktierte mich dann auch sofort. Nun bekam ich auch den Haftgrund noch einmal im vollständigen Wortlaut zu hören und zu lesen: Niklas hatte die Ständige Vertretung der BRD betreten und dort Daten und Nachrichten angegeben, er hatte den Wunsch nach der BRD auszureisen, die Zieladresse, die seines Vaters angegeben. Er hat dort um Hilfe und Unterstützung gebeten. Für dieses Vergehen war mit einer Haftstrafe bis zu achtzehn Monaten zu rechnen. Hätte Niklas den Ausreiseantrag zurückgezogen, wäre er ohne Haftstrafe entlassen worden. Der Dresdner Anwalt hat bei dem Gespräch mit Niklas erfahren, dass er eine Geliebte hatte. Der Rechtsanwalt hatte ihm geraten, den Ausreiseantrag zurücknehmen. Er käme sofort frei und könnte seine Geliebte wiedersehen. Niklas hat sich aber für mich entschieden und für die Ausreise aus der DDR.

Später erzählte mir Niklas über die Verhältnisse in der Haft. Die Unterbringung der politischen Häftlinge war unmenschlich. Es standen Doppelstockbetten in einem engen Raum für acht Gefangene. In der Ecke auf nur einer Toilette konnten alle ihre Notdurft verrichten. Für Niklas war es eine große Belastung in der Gefängniszelle mit seiner Erkrankung. Er hatte einen künstlichen Darmausgang und keine Privatsphäre, um sich zu versorgen und seine Verbände zu wechseln. Im Gefängnis konnten die Gefangenen arbeiten. Sie hatten dabei etwas Abwechslung. Bei der Arbeit wurde nicht zwischen politisch oder kriminell Verhafteten unterschieden. So kam es hin und wieder zu Prügeleien. Bei einem Besuch sah ich einen Häftling mit einem Gipsbein im Besucherraum. Auf dem Weg zum Bahnhof kam ich mit der Frau des Gipsbeinhäftlings ins Gespräch. Er wäre beim Duschen ausgerutscht meinte sie.

Niklas erzählte mir später von gewalttätigen Übergriffen.

Am 20. Dezember klingelte ein Nachbar bei mir. Er war Polizist und hatte einen Telefonanschluss. Er teilte mir mit, dass er eben einen kurzen Anruf irgendwo aus der Ferne bekommen hatte und ausrichten soll, dass der Besucher angekommen sei. Viele Grüße sollte er von der Schwiegermutter aus Raisdorf bestellen. Mir fiel ein Stein vom Herzen. Ich war froh, dass Niklas Weihnachten nicht im Gefängnis verbringen musste.

Als mein Mann im Gefängnis war, traf ich mich wieder mit Paul. Er hatte wieder einmal in unserer Stadt zu tun, und wir wollten miteinander reden. Noch immer merkten wir, wie wichtig wir uns waren. Ich war nun doch recht einsam und dachte an unsere vergangen schöne Zeit und habe ihn wieder mit zu mir nach Hause genommen. Er bat mich dann, dass ich meinen Ausreiseantrag zurücknehmen solle. Ich fragte ihn, ob er sich von seiner Frau trennen würde. Ich hätte es sicher gern getan, wenn ein bisschen bessere Zukunftsaussichten für uns bestanden hätten. Seine Kinder waren inzwischen erwachsen, was hinderte ihn daran, dort wegzugehen. Die Angst, seine Frau könne sich noch immer zu einer bösen Handlung entschließen, war immer noch zu groß bei ihm.

1985

Im Januar erhielt ich endlich meine Ausbürgerung - eine Urkunde und die Information, dass ich am 31. Januar das Land verlassen sollte. Niklas gesamte persönliche Sachen und meine eigenen habe ich bei meiner Ausreise im Januar mitgenommen. Man stelle sich vor, ich, zwei große Koffer zwei Reisetaschen ganz allein im Zug unterwegs. Es war mir so egal. Ich fuhr weg aus der DDR, ich konnte dieses nun gehasste Land endlich verlassen. Der Abschied von meinen Töchtern fiel mir nicht so schwer, denn sie hatten sich in der Zwischenzeit auch dazu entschlossen, das Land zu verlassen. Nur wann werden wir uns wiedersehen können? Unsere Möbel konnten wir nicht mit umziehen. Die Behörden ließen nur Transporte von Möbeln und persönlichen Gegenständen mit einem von ihnen festgeschriebenen Möbeltransport zu. Dieser Transport musste mit D-Mark bezahlt werden. Zum Zeitpunkt der Planung hatte ich nicht mal heimlich D-Mark. So habe ich nur ungefähr zehn Transportkisten gepackt, bevor ich ausreisen konnte. Meine Kinder hatten eine Vollmacht, die Wohnung aufzulösen und die Transportkisten mit unserem beweglichem Hab und Gut an unsere neue Adresse zu senden. Der Inhalt der Transportkisten wurde von Zollbeamten der DDR geprüft und versiegelt. Man musste einige Vorschriften Beachten. Es durften keine Antiquitäten, DDR-interne Fotos, z.B. das Fotoalbum von Niklas Armee-Zeit in den Kisten enthalten sein. Der Transport war nicht ganz preiswert, aber wir wollten gerne unsere Schallplatten, Bücher, Wäsche und etwas Geschirr behalten. Unsere Kisten kamen ein paar Tage später nach meiner Ankunft bei Niklas an. Bis zum Einzug in eine eigene Wohnung standen sie auf dem Speicher bei meinen Schwiegereltern. Zu dem Zeitpunkt ahnte ich nicht, dass ich vier lange Jahre auf die Ausreise meiner Kinder warten musste. Ich war ganz sicher wir sind bald alle wieder zusammen. Bis dahin bin ich nicht untätig gewesen. Ich habe an viele Institutionen (Regierung, Menschenrechtskommission usw.) geschrieben und um Hilfe bei der Ausreise meiner Töchter und deren Familien gebeten. Die Kinder haben regelmäßig beim Rat der Stadt Dresden Abteilung Innere Angelegenheiten vorgesprochen. Im ersten Jahr sind sie einmal im Monat dort aufgetreten. Nach einem Jahr alle zwei Wochen und in den letzten beiden Jahren haben sie jede Woche nach Informationen und dem Vorankommen ihrer Ausreiseangelegenheit nachgefragt. Es gab von keiner Seite irgendeine befriedigende Auskunft. Die einzige Möglichkeit meine Kinder zu treffen, war unser Urlaub in Ungarn. Wir haben am Balaton ein

Haus gemietet und die Kinder sind dorthin gefahren. Weihnachten oder Silvester haben wir uns in Tschechien getroffen. Es blieb dabei nicht unbemerkt von uns, dass wir überwacht und beobachtet wurden. Bei einem Spaziergang sahen wir In einem Trabant zwei „Schmierlappen". Wenn die Kinder auf der Heimreise waren, konnten sie immer damit rechnen, dass sie am Grenzübergang zur DDR gründlich durchsucht wurden. Der Versuch eine Illustrierte oder ein Comic in die DDR zu bringen ist immer kläglich gescheitert. Alles wurde ihnen abgenommen und beschlagnahmt. Auf unserer Hinfahrt zu den Treffen war unser Auto stets mit Obst und Gemüse und vielen schönen Dingen, an denen es in der DDR mangelte, beladen. Auf der Rückreise haben uns die Kinder immer einige Dinge ihres Hausrates, wie Wäsche oder Porzellan mitgegeben. Wir fuhren also nie leer wieder nach Hause. Uns durchsucht man nie. Nur einmal auf unserer Rückreise mussten wir den Kofferraum unseres Autos öffnen und die Beamten fragten was in den Kartons sei. Wir erklärten Geschirr und Wäsche von den Kindern aus der DDR. Unser Auto wurde durchgelassen, und wir fuhren traurig des Abschieds wegen nach Hause. Jedes Mal wenn wir nach Ungarn fuhren, habe ich bei unserer Übernachtung an der Grenze versucht, nach Schleusern zu fragen. Wir hatten keine Chance.

Es gab dort keine Schleuser. Viele Tränen habe ich vergossen, wenn wir uns in Richtung Grenze fahrend von meinen Töchtern und deren Familien trennen mussten.

Nach unserem Umzug zu den Schwiegereltern hatten wir in der Nähe von Kiel eine kleine Teilwohnung gefunden. Mit einem Herrn teilten wir uns eine Wohnung. Das Badezimmer benutzten wir gemeinsam. Wir waren glücklich, dass alles so reibungslos klappte. Niklas hatte sehr schnell Erfolg bei seinen Bewerbungen. Mit seinem Berufsabschluss als Maschinenbauingenieur bekam er über eine Leihfirma eine Anstellung in Hamburg bei einer Firma für Elektrogeräte. Es war zwar etwas unbequem jeden Tag so eine lange Strecke zur Arbeit zu fahren, aber es war ein guter Anfang. Er nahm sich ein Zimmer zur Übernachtung in Hamburg. Meine Schwiegereltern halfen uns am Anfang mit den Anmeldeformalitäten bei den Behörden. Sie begleiteten uns auch mit ihrem Auto beim Einkaufen. Nun wollten wir uns ein Fernsehgerät kaufen. Als wir im Auto saßen meinte Niklas plötzlich, dass er sein Geld auf dem Nachtschrank vergessen hatte. Er schickte mich nach oben, um die Brieftasche zu holen. In der Eile fiel sie mir aus der Hand und es purzelten alle möglichen Zettel und ein Foto heraus. Ich war schockiert. Er hatte ein Foto seiner Geliebten aus Dresden bei sich. Ich war sicher, dass es belanglos sein musste, obwohl eine Widmung hinten darauf geschrieben war. Ich versuchte ihm bei meiner Frage nach dem Foto eine Brücke bauen. Ich fragte ihn, ob er ihr geschrieben hätte, dass wir nun hier gelandet seien. Unüberlegt antwortete er mir, dass das Foto noch aus der Zeit des Gefängnisses sei. Das war natürlich eine Lüge, denn alle persönlichen Dinge wurden mir damals übergeben. Ich durfte ihm bei meinen Besuchen im Gefängnis keine Fotos übergeben. Es geht also alles so weiter. Kaum bin ich zur Ruhe gekommen, holpert mein Leben und meine Ehe schon wieder.

Im Freibad in Raisdorf war eine Stelle am Einlass als Kassiererin. Ich hatte mich um eine Anstellung beworben. Da dieser Job von April bis Oktober ohne freie Tage lief, hatte ich Glück, diese Stelle zu bekommen. Außer einer Angestellten aus dem Ort gab es keine weiteren Bewerber, die den ganzen Sommer ohne Pause arbeiten wollten. Wir arbeiteten im Wechsel in Früh- und Spätschicht. Die Arbeit machte mir auch richtig Spaß. Nach kurzer Zeit haben wir uns ein Auto gekauft. Ich war sehr froh, noch in der DDR den Führerschein für PKW gemacht zu haben. Das war gar nicht so selbstverständlich. Man musste sich ewig lange anmelden. Es gab in Dresden nur eine Stelle für die Normalbürger und man benötigte eine Dringlichkeitsbescheinigung. Sehr schlau war damals auch, unauffällig diese Bescheinigung mit einem 100 Mark Schein zu versehen. Auch eine Begründung musste für die Zulassung her. Für ein zweites Arbeitsverhältnis bei den Verkehrsbetrieben war es nötig, pünktlich bei der Arbeit zu erscheinen. Das genügte, dass ich sehr schnell den Führerschein machen konnte. Meine Schwiegereltern haben uns sehr bei unserem neuen Lebensabschnitt unterstützt. Wir mussten selbst das Einkaufen lernen. Es gab immer Angebote. Wir mussten lernen, Preise zu vergleichen. In der DDR kostete alles immer gleich viel oder wenig. Wir waren immer wieder erstaunt, wie viele Sorten Käse und Joghurt es gab, oder was es für ein Angebot an Brot gab. Wir kannten nur Harzer Käse, irgendeinen holländischen Schnittkäse, Schmelzkäse und Frischkäse. Eines Tages besuchten wir ein großes Elektrogeschäft in Kiel. Ich war erstaunt Kühlschränke aus der DDR zu entdecken. Noch mehr erstaunte mich der Preis. Diese Marke Kühlschrank sollte zweihundertvierzig D-Mark kosten. In der DDR musste man dafür genau 1.240 Mark hinblättern. Der Verdienst lag aber nur knapp bei sechs- bis achthundert Mark. Als wir wieder auf der Straße waren, fuhr ein Bus vorbei. Er trug die Werbung dieses Elektronikgeschäftes als Aufschrift. War ich naiv: Ich fragte meine Schwiegermutter, ob dieses Geschäft sogar eigene Busse für die Mitarbeiter hätte. Ganz schön ahnungslos lebten wir in Dresden. Dort konnte man nicht mal Fernsehen der BRD empfangen. Woher sollten wir dann diese Art Werbung kennen. Bevor ich im Freibad anfing, machten wir mit unserem Auto einen Ausflug nach Mülheim an der Ruhr. Dort lebten Freunde von uns aus Dresden. Sie konnten ebenfalls vor nicht allzu langer Zeit ausreisen. Wir freuten uns, sie zu treffen und uns mit ihnen auszutauschen. Wir freuten uns auch, dass wir nun endlich frei leben konnten. Wir hatten unser Glück nun in der Hand. Wir konnten arbeiten, mussten aber nicht, wir konnten in alle Länder reisen, mussten das aber nicht. Wir konnten an unserer Zukunft bauen, mussten es aber nicht. Auf dem Nachhauseweg mussten wir durch Mühlheim fahren um auf die Autobahn zu kommen. Dabei war sehr viel Verkehr und wir standen an einer Kreuzung an der Ampel neben einer Straßenbahn. Vor uns stand noch ein PKW. Als die Ampel grün wurde, fuhr Niklas sehr schnell an, um vor der nächsten Haltestelle an der Straßenbahn vorbei zu kommen. Der PKW vor uns wollte rechts abbiegen, ohne blinken. Doch plötzlich musste er bremsen, weil Fußgänger die Straße überquerten. Wir hatten leider Pech und fuhren auf den bremsenden Wagen auf. Unser Auto musste in die Werkstatt. Schuld bekam natürlich auch der Auffahrende, in diesem Falle bekamen wir die Schuld. Niklas konnte und wollte natürlich seinen Eltern, dem Schwager und sicher seinen Kollegen nicht ehrlich sagen, wie der Unfall passiert war. Er mogelte und erzählte der andere Wagen hätte Schuld gehabt. Es fiel ihm sehr schwer bei der Wahrheit zu bleiben. Bei der nächsten Zusammenkunft mit Niklas Familie war dies für den Schwager ein willkommenes Thema zur Unterhaltung. Alle wussten natürlich, dass Niklas schon wieder flunkerte. Er konnte keine Niederlagen einstecken. Bei der Familienfeier ging es im Anschluss natürlich auch um das Thema Übersiedlung aus der DDR. Niklas aggressiver Schwager wollte immer wieder wissen, warum wir die DDR verlassen haben. Wir hätten es dort doch gut gehabt, jeder hatte seine Arbeit und zu essen gab es auch. Wir hätten seiner Meinung nach doch dort bleiben können. Daraufhin fragte ich ihn, ob er jemals in der DDR gewesen sein. Seine Antwort: „Gott behüte, da kriegen mich keine zehn Pferde hin." Natürlich ging die Diskussion unendlich lange weiter und bei Wein, Bier und diversen Getränken saß die Zunge ganz schön locker. Es wurde gelästert und übermütig dahergeredet, dass wir doch bleiben sollten mit unserer „Mischpoke", wo wir hergekommen sind, man solle doch nicht seine Heimat verlassen.

Schade, dass manche Menschen so denken. Jeder Mensch lebt dort wo er es sich zum Ziel gesetzt hat, glücklich zu werden. Dresden war ja auch nicht unsere Geburts- und Heimatstadt. Dort verbrachten wir einen Lebensabschnitt und hofften glücklich zu sein. Diese Art Diskussion musste ich später noch sehr oft führen. Wir waren jedoch stolz, dass wir uns so entschieden hatten und ließen uns nicht davon beirren unseren Weg zu finden. Diese Menschen muss man einfach meiden. In beiden Teilen Deutschlands konnte nach dem Krieg kein Mensch wissen, wie sich die Entwicklung gestalten wird. Der Osten Deutschlands startete den Neuanfang nach dem Krieg mit Hilfe der Sowjetunion als „Entwicklungshelfer". Der Westen Deutschlands hatte vielleicht mit den Alliierten, Amerika, England, Frankreich bessere Unterstützung. In den ersten Jahren nach dem Krieg erlebte die DDR einen großen Aufschwung. Da die politische Entwicklung in die falsche Richtung ging, wurde die Wirtschaft durch Exporte und Vernachlässigung der Inlandstruktur ruiniert.

Viele der erwirtschafteten Devisen versickerten irgendwo im Nichts. Es wurde nicht wie ursprünglich der Sozialismus versprach, zu Gunsten des Volkes Gebrauch davon gemacht. Ich erinnere mich, die Produkte aus meiner Firma in der

DDR wurden für große Geschäfte über die Regierung an Brasilien und Ecuador verkauft.

Eine Kollegin erzählte mir damals, dass jeden Tag eine Person nach Westberlin fuhr, und die Devisen aus den Intershops auf eine Bank einzuzahlen. Wo ist das Geld geblieben? Es war bei der Wende nichts mehr vorhanden.

1986

Nach Abschluss der Badesaison in Raisdorf und nach Beendigung meiner Tätigkeit hatten wir uns eine kleine Wohnung in Hamburg gesucht. In Hamburg ging ich zum Arbeitsamt wegen einer Arbeitsstelle. Es war nicht leicht für mich, eine geeignete Stelle zu finden, mir fehlten englische Sprachkenntnisse. Ich bekam eine Fortbildung in Hamburg zur Ausbildung am Computer. Die Ausbildung eines kaufmännischen Sachbearbeiters umfasste viele Bereiche. Ich lernte, eine Scheinfirma zu gründen und zu verwalten. Ich erlangte Kenntnisse im Personalwesen, im Einkauf, im Verkauf und in der Lagerwirtschaft, sowie Logistik. Damals war ich überrascht, wie viele Krankenkassen existieren. Durch diese Ausbildung hatte ich eine gute Grundlage und ein gutes Zeugnis für meine den nächsten Bewerbungen. Alles wurde am Computer bearbeitet, was für meine nächsten Bewerbungen von großem Vorteil war.

Im Mai zogen wir dann nach Aschaffenburg, wo Niklas einen neuen Job gefunden hatten.

1987

Da Niklas nur einen Zeitvertrag in der Hamburger Firma bekommen hatte, suchten wir weiter nach neuen, vor allem festen Arbeitsplätzen. Er schrieb eine Menge Bewerbungen an Maschinenbaukonstruktionsfirmen. Tatsächlich bekam er ein tolles Angebot in der Nähe von Aschaffenburg. Nun hieß es: Wieder umziehen. Zuerst erhielt er von der Firma ein kleines Appartement mit Küche, Duschbad und einem Gästebett. An den Wochenenden pendelten wir im Wechsel zwischen Aschaffenburg und Hamburg hin und her. Wenn ich dann an den Wochenenden in Aschaffenburg war, kauften wir die dortige Zeitung, um in den Inseraten eine Wohnung für uns beide und eine Arbeitsstelle für mich zu finden. So fanden wir eines Tages in der Zeitung eine Anzeige mit einer schönen Dreizimmerwohnung. Die Mieterin hatte eine sehr hübsche Wohnung in der Nähe von Aschaffenburg für sich und ihren Sohn angemietet. Der Sohn jedoch, wollte nach der Trennung der Eltern, seinen Schulabschluss in seiner alten Schule machen, und so blieb er beim Vater wohnen.

Es gab sehr viele Bewerber für die schicke Wohnung. Wir hatten schon keine Hoffnung mehr. Manchmal geht das Schicksal eigene Wege. Die Mieterin, Maria, wollte eine kleinere Wohnung und entschied sich für uns. Bei der Besichtigung waren wir ihr sofort sympathisch. Es wurde vereinbart, dass sie uns ein Zimmer vorab zur Verfügung stellte. Dort konnten wir unsere Möbel aus Hamburg erst einmal unterstellen. Der Zufall wollte es: Die Vermieterin von Niklas kleiner Wohnung hatte noch eine hübsche kleine Wohnung frei. Sie gefiel Maria, und alle waren zufrieden. Wir feierten den Erfolg und es entwickelte sich eine tolle Freundschaft, die noch heute besteht. Als dann Maria, unsere neue Freundin, in die kleine Wohnung umzog haben wir natürlich mit geholfen. Maria hatte durch die Trennung von Ehemann und Haus sehr viele Möbel übrig. Sie bot uns diese günstig an, und wir freuten uns über so ein tolles Angebot. Maria war bei der Suche einer Arbeitsstelle für mich sehr hilfreich. Sie hatte in einem amerikanischen Unternehmen eine gute Bekannte, die mich dort als Sachbearbeiterin, wenn auch nur befristet, unterbringen konnte. Ich habe dort vornehmlich Dokumentationen und Angebote in deutscher und englischer Sprache erstellt. Obwohl ich die englische Sprache nicht beherrsche, bereitete mir die Erarbeitung der englischen Texte keine Schwierigkeiten. Im Zeugnis wurde das sehr lobend erwähnt. Ich konnte leider dort nicht länger als fünf Monate arbeiten, da wir ja den Kontakt mit den Kindern in der DDR hatten. Mein Chef legte mir ans Herz, den Job zu kündigen. Die Firma bearbeitete Radaranlagen für die NATO. Mit Kontakten in das sozialistische Ausland war ich dort nicht länger tragbar und erpressbar.

Bald darauf fand ich einen Arbeitsplatz in der Buchhaltung einer holzverarbeitenden Papierfabrik in Aschaffenburg. Die Stelle war leider für ein Jahr befristet, da die bisherige Mitarbeiterin in der Babypause war. Wieder etwas Neues. Auch diese Arbeit machte sehr viel Spaß. Ganz in der Nähe befand sich eine Druckerei und Buchbinderei. Irgendwann erfuhren wir, dass dort immer Arbeitskräfte nach Feierabend für schnelle Aufträge gesucht wurden. Wir fühlten uns gut und waren noch nicht reif für einen Schrebergarten, deshalb sind wir nach Feierabend für ein paar Stunden dort jobben gegangen. Sogar als meine Freundin Hanna aus Prag zu Besuch kam verdiente sie sich dort auch ein kleines Taschengeld.

1988

Zwei Jahre waren fast vergangen. Es zog uns wieder in den Norden und Niklas wollte gern wieder in die Nähe seines Vaters zurück. Also wurden wieder neue Bewerbungen geschrieben. Für mich war ein erneuter Umzug kein Problem. Meine Stelle war sowieso nur auf ein Jahr befristet. Niklas hatte Glück, er bekam sehr schnell eine neue Stelle in Hamburg. Es wurden also wieder Kisten und Kartons gepackt und die Zelte in Aschaffenburg abgebrochen. Wir mieteten in Landkreis Seevetal, südlich von Hamburg, ein kleines Häuschen an und alles war schön. Wir fühlten uns dort wohl. Kurz darauf fand ich ebenfalls eine neue Stelle in Hamburg. Die Firma handelte mit Tropenholz. Das Geschäft mit Tropenholz wurde in Deutschland immer schlechter, so dass die Firma ihren Sitz nach Holland verlegte. Und schon musste ich mir wieder einen neuen Job suchen.

Ich fand Arbeit im öffentlichen Dienst. Die Firma war dem Ministerium für Finanzen unterstellt. In der Hauptsache wurde Agraralkohol angekauft und weiterverarbeitet. Außerdem wurde reiner und vergällter Alkohol (technischer Alkohol) an die Kosmetikindustrie, Heilmittelhersteller, Apotheken und Trinkbranntweinhersteller verkauft. Es war eine interessante Arbeit und es gab viel

Neues zu lernen. Mit meinen Mitarbeiterinnen hatte ich auch sehr guten Kontakt. In der Mittagspause gingen wir bei schönem Wetter zusammen spazieren. Ein besonders lustiges Ereignis, bei dem wir uns krumm gelacht haben, war folgendes: Die Sekretärin kam und erzählte, dass sie beim Wort Klosterstern Apotheke, „Klostern" Apotheke geschrieben hatte. Unser Abteilungsleiter fand unsere gute Stimmung untereinander nicht so schön. Er versuchte immer dazwischen zu gehen und Konflikte zu provozieren. Auch gefiel ihm nicht, dass immer mehr Kollegen eingestellt wurden, die aus der ehemaligen DDR stammten. In unserer Zweigstelle in Offenbach arbeiteten einige Kollegen, die aus der DDR kamen. Die Einheit Deutschlands gab es nun schon mehr als zehn Jahre. Trotzdem gab es immer noch ein paar Menschen, die das nicht wahrhaben wollten. So hatte er ständig etwas an den neuen Kollegen auszusetzen. Dadurch bin ich ab und zu mit ihm in heißen Diskussionen aneinander geraten. Eines Tages, ich hatte mich um eine ausgeschriebene Höherstufung in meiner Abteilung beworben, sorgte er dafür, dass ich diese Stelle nicht bekam. Er konnte durch seine Tätigkeit im Personalrat bei der Stellenbesetzung Einfluss nehmen. Er sprach mich an, dass ich keine Chance auf diese Stelle hätte, weil ich eine Frau bin. Um diese Stelle zu bekommen, gehörten gewisse Qualifizierungen dazu. Als ich im Personalbüro die Kollegin daraufhin ansprach, schaute sie in meine Personalakte. Meine Zeugnisse über meine Berufsausbildung waren nicht in der Personalakte abgeheftet worden. Sie hatte die Zeugnisse nicht kopiert, ehe sie diese an die Hauptverwaltung weitergeleitet hatte. Eine andere Kollegin, die Laborantin, glaubte auch nicht, dass ich für diese Stelle den Zuschlag bekomme. Es hatte vor mir und während meiner Zeit in dieser Firma keine andere Frau solch eine Chance bekommen. In dieser Firma arbeitete ich bis zu meiner Pensionierung. Das heißt, mein Abteilungsleiter sorgte dafür, dass ich kurz vor meinem Renteneintritt so von ihm kaputt gemobbt wurde, dass ich meinen Abschied dort gar nicht erleben konnte. Ich wurde fast acht Monate vom Arzt krankgeschrieben.

Maria hatte inzwischen einen neuen Partner gefunden und geheiratet. Sie lebte mit Horst in einem sehr hübschen Haus in Glattbach. Wir waren sehr traurig, dass wir nun so weit entfernt unsere Freundschaft pflegen mussten. Natürlich haben wir uns oft besucht und gemeinsame Ausflüge gemacht. Maria ist in Niedersachsen, aufgewachsen und ich hoffte darauf, dass es sie eines Tages wieder in unsere Nähe ziehen wird. Ihre Kinder und Enkelkinder leben in Gifhorn. So ergab es sich, dass sie mit ihrem Horst nach zwanzig Jahren in Aschaffenburg ihren Altersruhesitz in einen kleinen Vorort von Lüneburg verlegten.

1989

Alice, Alexander und Christa mussten bis Februar und Ulrike mit Julius bis März 1989 in Dresden aushalten. Wie schon vorher beschrieben, haben sie ständig die Behörden in Dresden aufgesucht, um ihrem Ausreiseersuchen immer wieder Nachdruck zu verleihen. In dieser Zeit habe ich von der BRD aus versucht, bei den verschiedensten Ministerien Hilfe zu bekommen. Ich habe Schreiben an die Minister Engholm und Strauß gesandt, selbst bei der Internationalen Genfer Konvention mein Anliegen vorgebracht. Alles blieb ohne Erfolg, oder hatte es doch Erfolg? Die DDR hatte versucht ihre Bürger mit allen Mitteln zu halten.

1986 war die Einschulung von meiner Enkelin Christa. Leider bekam ich keine Einreisegenehmigung. Ulrike und Julius wollten in Dresden heiraten. Ich beantragte wieder die Einreise, sie wurde auch in diesem Fall abgelehnt. Ulrike und Julius haben später nach ihrer Übersiedlung geheiratet. Der Sohn von Niklas, Tim, war nach seiner Zeit im Jugendstrafgefängnis von der Staatsicherheit angeworben worden. Das erfuhren wir viele Jahre später, als wir Einblick in unsere Stasiakte hatten.

Ich habe wirklich den Tag herbeigesehnt an dem meine Kinder in den Westen kamen. Der Kummer mit Niklas hörte nicht auf. Ich hätte so gerne die Kinder zum Quatschen und für Ratschläge bei mir gehabt. Vier Jahre waren wir nicht zusammen. Ich konnte mich alleine nicht durchringen, unter das Treiben von Niklas einen Schlussstrich zu ziehen und mich trennen. Bei jeder Reise und vor allem bei den Treffen mit den Kindern hat sich Niklas immer daneben benommen. Er hat die Situation förmlich ausgenutzt, wenn ich mit der Wiedersehensfreude abgelenkt war. So war er unbeobachtet und hat sich für andere Frauen interessiert und flirtend um sich geschaut. Bei einer Silvesterfeier mit Tanz während unserer Treffen in Tschechien war er den ganzen Abend an einem Tisch mit uns unbekannten Personen. Er war vor allem mit einer Frau zum Tanzen unterwegs. Selbst zum Jahreswechsel vergaß Niklas zur Familie zurückzukommen. So verliebt war er wohl. Im Sommer, als wir uns am Balaton trafen, nutzte Niklas die Gelegenheit, mit einer Mutter zweier Kinder, die im Nachbarhaus Urlaub machten, zu flirten. Meine Enkelin Christa spielte mit den Kindern. Wir freundeten uns mit diesem Ehepaar an. Bei einem gemeinsamen Grillabend mit den Nachbarn, sah ich wie mein Mann in unser Ferienhaus ging. Die Urlauberin aus der Nachbarwohnung lief sofort hinter ihm her. Da ich nun doch etwas neugierig war, ging ich ihnen nach und überraschte die Beiden, wie sie sich küssten. Ich stellte beide zur Rede. Sie antwortete sie wollte doch nur zur Toilette. Ich bat sie, die Toilette in ihrem Ferienhaus zu benutzen. Natürlich hatte ich wieder nicht den Mut, sofort mit Niklas über eine Trennung zu sprechen. Immer noch dachte ich, ich brauche Niklas. Alles Leid habe ich mitgetragen. Was seine Autocrashs immer kosteten. Viel lieber hätte ich mir für dieses Geld eine schöne Bluse gekauft, oder ein Paar Schuhe. Ich war auch seine Schreibkraft. Die Schriftstücke für alle seine Bewerbungen habe ich geschrieben. Auch die Reisen zu den Treffen mit den Kindern hätte nicht gern allein machen wollen. Niklas hatte auch ein paar gute Seiten. Er konnte gut kochen und war im Haushalt bei den Hausarbeiten immer dabei. Wir hatten viele gemeinsame Interessen, er trank und rauchte nicht. Aber er suchte immer wieder Bestätigung bei anderen Frauen. Als wir wieder zu Hause waren, rief die Nachbarin aus dem Ferienhaus am Balaton bei uns an. Er verließ sofort das Zimmer und wollte nicht mit ihr sprechen. Als ich ihr dies mitteilte, weinte sie und erklärte mir, dass sie mit ihm abgesprochen hätte, dass sich beide vom Partner trennen wollten. Sie hätte schon die Scheidung beantragt. Er wollte davon nichts wissen.

Die Kinder machten mir immer wieder Mut. Zu einem Geburtstag erhielt ich sehnsuchtsvolle Grüße. Meine Enkelin malte ein Bild über die zu erwartende Ausreise.

Julius malte zu meinem Geburtstag diesen hübschen Gruß einer Flussfahrt auf der Elbe nach Hamburg

Ich hatte wieder einmal bei Alice in Dresden angerufen. Sie hatten einen Telefonanschluss, weil sie dadurch natürlich besser zu überwachen waren. Ich konnte nie direkt durchwählen. Plötzlich meldete sich das Fernamt Dresden. Die Stimme der Dame am anderen Ende kam mir so bekannt vor. Es war Alexanders Mutter. Sie arbeitete beim Fernamt Dresden. Als ich sie ansprach, war sie so erschrocken und sagte: „Pst, ich verbinde". Später erfuhr ich, dass sie an diesem Tag den Dienst auf dem Abhörtelefon hatte.

Im Februar 1989 war es endlich so weit. Alice, Alexander und Christa durften ausreisen. Wir waren wahnsinnig aufgeregt. Wie froh waren wir, dass endlich unser und ihr Wunsch in Erfüllung ging. Wir holten sie vom Bahnhof ab und waren so sehr erleichtert, sie alle drei in den Armen zu halten. Ich glaube es kann sich kaum einer vorstellen, wie glücklich wir waren. Ulrike und Julius mussten nicht mehr sehr lange warten. Auch sie konnten wir vier Wochen später in die Arme nehmen. In dem schönen Einfamilienhaus hatten wir erst einmal alle Platz. Es gab drei Schlafzimmer und zwei Bäder. Wir hatten gerade die ganzen Anmeldungen mit Alice und Alexander bei den Ämtern erledigt. Nun mussten wir das Ganze für Ulrike und Julius noch einmal durchführen. Aber das konnte uns nicht betrüben. Wir waren froh, sie alle bei uns zu haben.

In den vier Jahren des Wartens auf ihre Ausreise haben die Kinder viele Repressalien durchzustehen gehabt. Um Problemen bei der Arbeit zu entgehen, haben Alice und Alexander bei privaten Unternehmen gearbeitet. Ulrike und Julius hatten es da schwieriger. Sie arbeiteten gemeinsam an einem Projekt in einer Abteilung und bekamen nach ihrer Antragstellung verschiedene minderwertigere Jobs und unterschiedliche Schichtzeiten. Reine Schikane. Ich habe während der vier Jahre des Getrenntseins sehr viel Post von meinen Kindern erhalten. So schrieb Ulrike in einem ihrer letztem Briefe: „Heute haben wir wieder viele Formalitäten für die Ausreise erledigen müssen. Nun ist es einundzwanzig Uhr. Wir sind kaputt und sauer. Wir waren auf dem Amt wegen unserer Ausreise. Es gibt neue Formulare und Erklärungen. Man sagte uns, wir benötigen Angaben zu sämtlichen Verwandten wie Omas, Geschwister usw. Da habe ich gesagt, dass ich weder Kontakt noch Anschriften habe. Schimpft die Beamtin mich an, dass das mein Problem wäre. Ich hätte genügend Zeit, eine Woche, um die Namen und Adressen zu besorgen. Nun müssen wir ins Vogtland zu Julius Bruder und nach Berlin zur Oma fahren. Mal sehen wie wir das hinbekommen. Es müssen auch Erklärungen beschafft werden, dass keine Forderungen von Dritten vorliegen."

Christa war inzwischen acht Jahre alt und kam jeden Tag stolz aus der Schule. In der DDR in der ersten Klasse war alles noch spielerisch. Die Kinder konnten noch während des Unterrichts aufstehen, zur Toilette gehen oder etwas essen während der Schulstunde. Es war alles sehr locker. Aber sie lernten schon ernsthafte Lieder: Mein Papa ist Soldat und beschützt den Frieden und unsere Republik. Nun war hier nach der Übersiedlung doch alles anders. Sie musste sich erst an die neue Situation gewöhnen.
Die Eltern von Alexander durften im Mai 1989 beide zusammen in die BRD zu einer Familienfeier reisen. Sie hatten für diesen Fall, dass sie im Westen bleiben würden in Dresden Vorsorge getroffen, und einem Verwandten die Schlüssel der Wohnung gegeben. Ein Onkel von Alexander hatte sich um alle Dinge dort gekümmert. Er hat, nachdem die Staatsicherheit die Wohnung wieder freigegeben hat, die Wohnung aufgelöst und einige private Sachen bei sich untergestellt. Das war ganz schön mutig von Alexanders Eltern. Sie waren Mitte fünfzig und sind nur mit den Koffern, die sie bei sich hatten, einfach im Westen geblieben. Daran konnte man die Verzweiflung der Menschen erkennen. Sie waren einfach unglücklich in der DDR. Alexanders Bruder lebte ebenfalls schon seit fünf Jahren in Hessen. Er hat die Eltern aufgenommen und ihnen den Start im

neuen Leben leicht gemacht. Alexanders Vater konnte bei seinem Bruder, einem Fliesenleger arbeiten, und die Mutter hatte einen Job bei der Deutschen Post bekommen.

Alice, Alexander und Christa sind als erste aus dem Haus in Seevetal in eine eigene Dreizimmerwohnung eingezogen. Bei Ulrike und Julius dauerte es auch nicht lange. Sie haben schnell eine Wohnung in Hamburg gefunden und so lebten Niklas und ich wieder allein in dem viel zu großen Haus. Das nahmen wir zum Anlass und haben uns eine kleine Eigentumswohnung in Hamburg gesucht und gekauft. Niklas war in dieser Zeit auch nicht so unruhig, was Frauenbekanntschaften betraf. Nun hatten wir plötzlich auch zu viel Feierabend übrig. Wir suchten uns noch einen Nebenjob um unser Taschengeld aufzubessern. Wir arbeiteten zwei, drei Tage in der Woche ein paar Stunden in einer Dialysepraxis. Niklas betreute die Maschinen und ich putzte. Unglücklicherweise verlor Niklas zu dem Zeitpunkt seinen Job in dem Maschinenbauunternehmen. Die Auftragslage wurde immer schlechter und die Firma musste sparen. In der Dialysepraxis lief es so gut, dass der Chef Niklas als Techniker und Maschinenbetreuer einstellte. Wir waren froh, dass er so schnell wieder einen neuen Job bekam.

1993

Nun war es so weit. Die aufgeschobene Hochzeit von Ulrike und Julius wurde endlich nachgeholt. Julius hatte in der Zwischenzeit seine Eltern aus Dresden nach Hamburg geholt. Sie zogen in eine schöne Senioren Wohnanlage. Zur Hochzeit haben wir einige Überraschungen vorbereitet. Alice schmiedete Verse für eine Hochzeitszeitung. Für die Haustür habe ich mit meiner Freundin Hanna aus Prag, die zur Feier zu Besuch kam, eine schöne Girlande aus viel Tannengrün und Margeriten geflochten. Meine Freundin Maria und Horst kamen aus Aschaffenburg ebenfalls zur Hochzeit. Die Freunde des Brautpaares und wir organisierten lustige Spiele. Niklas und ich sangen Karaoke, kostümiert als das volkstümliche Gesangsduo Marianne und Michael. Wir trugen den Zillertaler Hochzeitsmarsch von 1988 „Wenn ich einmal Hochzeit mache" vor. Das war wohl so originell, dass alle Tränen lachten.

1997
Scheidung von Niklas
Niklas war zu einem Klassentreffen gefahren. Als er zurückkam, erzählte er mir, dass er sich in seine ehemalige Klassenkameradin verliebt hätte. Zuerst glaubte ich, es sei ein Scherz. Am darauffolgenden Wochenende jedoch fuhr er wieder nach Thüringen. Da wusste ich, nun ist es so weit, nun müssen wir uns doch trennen. Es gab keine Hoffnung mehr. Alle seine Eskapaden mit Frauen in der Vergangenheit haben unserer Ehe doch sehr zugesetzt. Ein weiteres Zusammenleben wäre nur Quälerei für jeden von uns gewesen. Zum zweiten Mal reichte ich die Scheidung ein.
Niklas nahm sich eine kleine Wohnung in der Nähe seiner Arbeit, so dass er relativ schnell aus meinem Leben verschwunden war. Diese Trennung tat auch nicht mehr so weh.
Unsere schöne Eigentumswohnung konnte ich allein nun nicht mehr finanzieren. Sie war für mich mit fünfundachtzig Quadratmetern viel zu groß. Deshalb entschloss ich mich, die Wohnung zu verkaufen. Alice und Alexander wollten gerade nach Hamburg ziehen und suchten eine geeignete Wohnung. So haben sie die Eigentumswohnung gekauft. Ich konnte in aller Ruhe in eine kleine Zweizimmer Neubauwohnung umziehen. Durch den Verkauf der Eigentumswohnung

blieb mir noch etwas Bargeld und ich konnte mich neu einrichten. Das war ein schöner Neuanfang.

Ohne die Kinder hätte ich das nicht geschafft. Ich war froh, dass sie und ihre Familien ganz in meiner Nähe wohnten. Sie waren während der Scheidung für mich da und konnten mir viele Sorgen abnehmen. Christa ging nach dem Abitur zum Studium nach Regensburg. Sie war jedoch etwas unglücklich, so weit weg von der Familie zu sein. So wechselte sie mit einem Semesterabschluss nach Berlin und konnte dort zu Ende studieren. Der Weg nach Hamburg war nun nicht mehr so lang. Nach ihrem Examen suchte sie sich einen Job in Berlin und richtete dort ihren Lebensmittelpunkt ein.

1998
Urlaub auf Ischia
Als ich nach einer Fußoperation zur Kur fuhr, lernte ich eine sehr nette Frau kennen. Sie wohnte im gleichen Stadtteil wie ich. Wir hatten von Anfang an das Gefühl, dass wir uns kennen müssten. Es passte einfach alles. Wir konnten uns über Gott und die Welt unterhalten und hatten oft die gleiche Meinung. Irgendwann schauten wir uns gemeinsam private Fotos an. Dabei stellten wir fest, dass Ella und ihr Mann einen Schrebergarten in unmittelbarer Nachbarschaft des Gartens von Ulrike und Julius hatten. Bei einem Treffen mit Ella und ihrem Mann erzählten sie mir, dass sie Urlaub auf Ischia planten. Sofort sprachen beide mich an, einfach mitzukommen. Da ich allein keine Lust hatte einen Urlaub zu buchen, verabredeten wir uns zu diesem Urlaub. Ich flog eine Woche früher nach Ischia. Als ich jedoch in Lacco Ameno ankam, war für mich kein Zimmer frei. Man bat mich, in einem anderen Gästehaus nur eine Nacht zu schlafen, am nächsten Tag wollte das Hotelpersonal das Problem gelöst haben. Ich fuhr das erste Mal allein in einen Urlaub und dann gleich diese Panne. Verzweiflung brachte mich zum Weinen und ich rief vom Hoteltelefon Alice an. Sie machte mir Mut und riet mir, den nächsten Tag abzuwarten. Beim Telefonieren sah ich durch die Glastür einen di-

cken Mann auf einer Bank sitzen. Er lachte so vor sich hin, dass mir das Heulen verging. Ich war ihm wohl aufgefallen, weil ich heulend telefonierte. Da sprach er mich an und fragte was wohl so schlimm sein kann, dass man im Land der Sonne heulen muss. Wir tauschten uns aus, und er erzählte mir, dass seine Koffer und die Schuhe aus dem Zimmer gestohlen wurden. Dabei schaute er zu seinen Füssen, die mit Badelatschen bekleidet waren und lachte wieder. Er meinte, der Schuhkauf wird wohl zum Problem werden. Wir verabschiedeten uns an dieser Stelle. Ich ging wenig später mit dem Hotelboy in das Gästehaus. Er zeigte mir das Zimmer für die eine Nacht. Ich schlief in einem Dreibettzimmer mit Fenster zum Treppenhaus mit einem Gitter davor. So hatte ich wenigstens nicht Gefühl, geklaut oder beklaut zu werden. Beim Frühstück lernte ich eine junge Frau kennen. Andrea war eine geborene Italienerin und kam aus dem Dortmunder Raum. Wir hatten sofort einen guten Kontakt, weil wir beide das gleiche Problem mit dem Zimmer hatten. Da sie die italienische Sprache beherrschte, war nun unser Zimmerproblem keines mehr. Wir bekamen jeder ein hübsches Zimmer im Hauptgebäude. Dort konnten wir gut die Thermalbäder nutzen und hatten kurze Wege. Wir begegneten dann dem lachenden Mann mit den Badelatschen und Andrea war sofort bereit, mit ihm Schuhe kaufen zu gehen. So machten wir unseren ersten Stadtbummel in Lacco Ameno. Jeden Tag diese Thermalbäder waren eine Wohltat. Ich hatte überhaupt keine Schmerzen mehr in den Gelenken. Daher konnten wir schöne Ausflüge machen. Einmal sind wir auf den höchsten Berg von Ischia gewandert - Epomeo. Der Weg war ganz schmal und in den Steinen wie eine Rinne geschliffen. Vor uns lief ein Mann mit einem Eselchen. Ich war so fasziniert, dass ich wirklich schnell hinterherlief. Ein anderer Ausflug führte uns von Neapel nach Pompeji. Die Fahrt ging per Bus an der Amalfi Küste entlang. Es war eine sehr abenteuerliche Fahrt. Wir bewunderten den Fahrer unseres Busses, wie er die kurvenreiche Straße bewältigte. Wir kamen an einem Friedhof vorbei. Hier erzählte uns der Busfahrer die Legende, dass der Friedhof sehr schwer zu erreichen sei und erst recht mit einem Toten im Sarg. Deshalb müssen alle, die sterben werden vorher zu Fuß zum Friedhof gehen. Es gab großes Gelächter im Bus. Als wir in Pompeji ankamen, bestaunten wir die Tempel, die Ausgrabungen, die schönen Mosaikfußböden, die Wandmalereien, die erhaltenen Abdrücke von Opfern des Vulkanausbruches, einfach alles aus vergangenen Zeiten. Ein Einheimischer, Giovanni, den wir im Restaurant beim Essen kennenlernten, bot uns eine private

Inselrundfahrt für wenig Geld an. Wir fuhren mit seinem kleinen Fiat durch die Orte, und er zeigte uns wunderschöne Häuser. In Panza konnten wir ein ganz herrliches Ferienhaus für fünfzehn Feriengäste anschauen. Am Ende hatte er bei seinem alten Vater ein köstliches Mittagessen ganz traditionell bestellt. Es war ein recht gelungener Ausflug. Am nächsten Tag erlebten wir in einem Fischrestaurant einen wunderschönen Abend. Giovanni spielte Gitarre und sang dazu. Zurück in Lacco Ameno erlebten wir eine Hochzeit in einer alten wunderschönen Kirche La Restituta. Von St. Angelo aus fuhren wir mit dem Boot zum Maronti Strand oder wir machten einen Trip zu den heißen Steinen bei Panza. So erkundeten wir die ganze Insel. In meiner zweiten Urlaubswoche kamen Ella und ihr Mann dazu, und wir hatten noch viele schöne gemeinsame Erlebnisse. Es war wirklich ein sehr schöner Urlaub.

1999

Ein neuer Lebensabschnitt begann. Ich wurde im Mai sechzig Jahre alt und wurde pensioniert. Seit frühester Jugend habe ich immer gearbeitet und konnte nun in den Ruhestand gehen. Es war fantastisch. Endlich musste ich nicht mehr jeden Morgen pünktlich zur Arbeit erscheinen. Ich konnte mir meinen Tag, meine Freizeit selbst einteilen. Was mache ich denn nun eigentlich mit so viel Tag. Ich lebte allein und hatte eine schöne kleine Wohnung, aber irgendwie doch noch Lust auf etwas Geselligkeit, bzw. soziale Kontakte. So ergab es sich, dass ich im Wochenblatt eine Anzeige über einen Job fand. Ein Fitnessclub eröffnete ganz in meiner Nähe, da bewarb ich mich einfach. Tatsächlich konnte ich mit meinen beruflichen Erfahrungen an der Rezeption und sogar im Café einige Stunden in der Woche arbeiten. Es machte richtig Spaß, ich war beliebt und musste oft einspringen wenn mal wieder Not am Mann war. Dort arbeiteten überwiegend junge Leute, denen konnte ich sogar meine Erfahrungen noch vermitteln. Sechs Jahre habe ich dort gejobbt. Dann wurde leider der Club geschlossen.

Ja, mir fiel vor dieser Beschäftigung die Decke auf den Kopf. Ich hätte gern noch etwas getan. Daher nahm ich wieder Kontakt zu Paul auf. Er hatte in seiner Firma ein eigenes Büro, und so konnte ich ihn dort anrufen. Zu Hause hätte ich ihn niemals angerufen. Wir telefonierten seit der Zeit wieder regelmäßig und erinnerten uns gern an alte Zeiten, bedauerten manchen Entschluss, freuten uns aber der gemeinsamen Erinnerungen. Natürlich haben wir uns dann doch verabredet und wollten uns treffen. So standen wir uns nach fünfzehn Jahren am Bahnsteig gegenüber und konnten es nicht fassen. Als ob kein Tag vergangen war. Wir trafen uns wieder regelmäßig. Immer wenn Paul zu Veranstaltungen über mehrere Tage dienstlich unterwegs war, kam er bei mir vorbei. Wir erlebten sogar eine Woche Urlaub an die Nordsee zusammen. Es war fantastisch, wie früher. Einmal habe ich mich mit ihm verabredet, weil mein Zug an seinem Bahnhof vorbeikam. Wir wollten zusammen Kaffee trinken und ich mit dem nächsten Zug weiter fahren. Als ich dort aus dem Zug stieg, war er nicht da. Ich hatte keine Ruhe und musste trotzdem mit dem nächsten Zug weiter fahren. Am nächsten Tag rief ich in seiner Firma an und erfuhr von einer Dame, dass er im Krankenhaus war. Man hatte bei ihm Krebs diagnostiziert. Es ließ mir keine Ruhe, ich musste zum Krankenhaus fahren um ihn zu besuchen. Handy, es war ein Segen der Menschheit. Glücklicherweise konnten wir uns über Handy verständigen. Ich wollte nicht seiner Frau über den Weg laufen. Nach dem

Krankenhausaufenthalt bekam Paul eine Kur verordnet. Er besorgte ein Zimmer für mich, so dass ich ihn dort eine Woche besuchen konnte. Es war im Mai ein herrlicher Frühling um gesund zu werden und wir konnten das Wetter und die schöne Gegend genießen. Es ging dann ständig weiter mit den heimlichen Treffen. Ich sprach irgendwann doch wieder einmal von gemeinsamer Zukunft. Paul gestand mir, dass er seine Frau trotz unserer Affäre noch lieben würde und nicht wusste, wie er eine Trennung begründen sollte. Als er eines Tages erzählte, dass sie sich sehr gestritten hatten und seine Frau zu ihrer Freundin gefahren war, fragte ich ihn, warum er dann nicht ebenfalls einmal von zu Hause weggehen könne. Er hätte zu seinem Sohn gehen können und dort einige Tage verbringen können. Er redete sich raus und erklärte mir, dass er die Kinder nicht über den Streit mit seiner Frau informieren möchte.

Mir genügte plötzlich nicht mehr, mich nur an einigen kurzen Zeiträumen mit ihm zu treffen. Meine Liebe zu ihm verblasste. Es gab ja auch noch andere Dinge, als immer nur auf den geliebten Mann zu warten um dann doch nur zweite Wahl zu sein.

Noch während der Jobs im Fitnessclub machte mir ein Mitglied schöne Augen. Ich zögerte lange, ich wollte einfach nicht wieder enttäuscht werden. Wenn Martin in den Club kam, machte er schon Eindruck auf mich. Und so oft wie er dort trainierte, konnte er gar nicht verheiratet sein. Deshalb nahm ich eines Tages dann eine Einladung an und ging mit ihm in das gegenüber liegende Restaurant. Es war ein schöner Abend. Wir trafen uns nun öfter. Er lud mich im Sommer zu schönen Events in Hamburg ein. Wir verbrachten laue Sommerabende bei verschiedenen Open Air Konzerten, Wasserspielen mit Musik und anderen zauberhaften Veranstaltungen.

2003

Paul, schon längst wieder bei seiner Frau zu Hause und in ihren Armen, er war plötzlich eifersüchtig. Seine Geliebte wurde von einem anderen Mann geliebt! Das kann doch nicht sein. Er fragte mich, ob ich mit Martin glücklich sei. Er sei doch bereit gewesen, diese wunderschöne „ab und zu" Beziehung weiterzuführen. Es gab sehr unschöne Diskussionen und einen so abrupten Bruch unseres Verhältnisses. Mein Herz war einfach schon zu sehr bei Martin. Ich wollte nun wirklich nicht mehr zweite Wahl sein. Kurze Zeit später erkrankte ich wie meine Mutti, meine Tante und meine Schwester an Brustkrebs. Ich wollte Martin ersparen, mit einer krebskranken Frau befreundet zu sein, und wollte unser Verhältnis beenden. Er liebte mich und war nicht davon abzubringen, mit mir nicht mehr zusammenzubleiben. Wir hatten vor der Diagnose schon davon gesprochen, uns zwei Wohnungen näher beieinander zu suchen. Alice jedoch meinte, warum wir erst solche Umstände machten. Wir würden uns dann doch meist in einer von den beiden Wohnungen aufhalten. Martin hatte Kontakt zu einem Makler aufgenommen. Es ging alles sehr schnell. Er schaute sich mit Alice eine schöne Wohnung an. Ich lag noch im Krankenhaus da, ging schon der Umzug von statten. Nur mit Hilfe der Grundriss-Zeichnungen konnte ich mir vorstellen wie die Wohnung geschnitten war und eingerichtet wird. Als ich aus dem Krankenhaus kam, war alles so, wie ich es mir gewünscht und wie wir es uns vorgestellt hatten. Die Wohnung hatte einen riesigen Flur, zwei kleinere Zimmer, die wir als Wohnzimmer nutzten. An einem der kleinen Zimmer war ein kleiner Balkon. Wir konnten im Sommer gemütlich draußen sitzen und hatten eine belebte und interessante Aussicht. Die Küche war so groß, dass sie als Wohnküche eingerichtet wurde. Wir hatten einen großen Tisch in der Mitte und zu den Feierlichkeiten trafen wir uns alle in dieser wunderschönen Küche zum Kochen, zum Essen, zum Plauschen und zum Feiern. Das Badezimmer und das Schlafzimmer waren auch sehr geräumig. Und da in die Wohnung ein Fahrstuhl führte, wollten wir sie sogar bis ins hohe Alter nutzen. Durch die Größe der Wohnung gab es für uns beide so viele Möglichkeiten, unsere Hobbys auszuleben. Ich nähte ab und zu und strickte sehr viel. Ich hatte auch einige Zeit eine Strickmaschine. In meiner Kindheit hatte ich Klavier gespielt. So schenkte mir Martin ein elektrisches Klavier und ich versuchte, mich an meine früher erlernten Lieder und Stücke zu erinnern und etwas zu spielen. Martin sammelte alte Filme auf Kassette und Schallplatten. Während ich im Schlafzimmer an einer meiner Maschinen saß, der Strick- oder

Nähmaschine oder am Klavier, hörte Martin alte Hits meist sowieso unter Kopfhörern. Aber der Flur war so groß, dass wir uns gegenseitig nicht störten.

Wir hatten beide endlich das Gefühl, so wollen wir leben. Martin hatte vor mir schon mehrere gescheiterte Beziehungen. Deshalb wollten wir auch nicht heiraten. Ich war abergläubisch und wollte mich nicht in die Reihe von zurückgebliebenen Partnerinnen anstellen. Ich fand, es war gut so wie es war. Wir konnten ja nur voneinander lernen, wie man es nicht mehr machen soll. Wir zwei fuhren zusammen in den Urlaub nach Mallorca, Zypern, Prag, zu meiner Freundin, Kühlungsborn, Dresden und Berlin. Auch am PC half mir Martin immer wieder. Er war durch seine frühere Tätigkeit ein richtiger Fachmann. Aber auch bei uns fing es nach ein paar Jahren an zu kriseln. Martin zog sich immer mehr zurück und ich war oft eifersüchtig. Ich bin halt ein gebranntes Kind. Um mich abzulenken, fuhr ich allein zu meiner Schwester und blieb dort ein paar Tage. Oder ich fuhr/flog zu Hanna nach Prag. Irgendwann konnten wir dann einen Schrebergarten pachten. Das brachte wieder etwas Abwechslung in unser Leben. Martin werkelte dort an der kleinen Laube. Ich legte ein hübsches Blumenbeet an. Es gab Erdbeeren, Pfirsiche, Kartoffeln, Zwiebeln, Spinat und anderes. Es machte richtig Spaß, und das selbst geerntete Obst und Gemüse schmeckte noch besser als gekauftes vom Wochenmarkt. Die kleine Laube war gemütlich und Martin blieb manches Mal auch über Nacht dort. So gewannen wir etwas Abstand, und so planten wir, zusammen in eine Seniorenwohnanlage zu ziehen.

2008

wurde in unserer Nähe eine Seniorenwohnanlage fertiggestellt. Wir hatten uns dort um Wohnraum bemüht, und es ergab sich so, dass wir schon in der Bauphase Einfluss nehmen konnten auf die Einbauten der Wohnungen. So mieteten wir zwei nebeneinander liegende Wohnungen. In der Trennwand zwischen den beiden Wohnungen wurde eine Schiebetür eingebaut. Es war ein kleines Paradies. Wirklich sehr klein, aber jeder hatte wieder seinen Rückzugsraum und im Notfall konnte die Schiebetür wieder zugemauert werden. Natürlich hatten wir zwei kleine Duschbäder und zwei kleine Küchen. In einem Appartement richteten wir das Schlafzimmer ein und in dem anderen das Wohnzimmer. Eine der kleinen Küchen war unser Wirtschaftsraum. In der schönen Wohnanlage wohnen fünfzig Parteien. Es gab im Gemeinschaftsraum ab und zu mal eine Veranstaltung. Wir machten einmal in der Woche Seniorengymnastik. Es wurden Spieleabende, musikalische Abende, Kegelveranstaltungen, Sommer- und Winterfeste gefeiert. Meinen fünfundsiebzigsten Geburtstag feierte ich mit Freunden und der ganzen Familie in dem Aufenthaltsraum. Alice hatte alles sehr schön geschmückt, und ich durfte erst nach unten kommen, als alles fertig war. Ich erhielt wunderbare Geschenke.

Karten für einen Besuch der Hamburger Oper und ein schönes Essen mit und von Ulrike. Martin, Alice und Alexander schenkten mir einen Opernbesuch in Verona, mein langersehnter Traum. Alice begleitet mich dabei und wir hatten drei schöne Tage in Verona.

Es zeigte sich jedoch immer wieder, dass Martin ein Einzelgänger war. Er verbrachte mit der Zeit immer mehr Nächte in der Gartenlaube. Da entschlossen wir, eine sanfte Trennung. Natürlich wäre ich gerne ausgezogen. Die Lösung jedoch, war ganz genial. Wir dämmten die Schiebetür zwischen den beiden Appartements ab und stellten auf jede Seite einen großen Schrank. So hatte jeder wieder sein eigenes Reich. Wir wollten uns nicht total trennen, es verband uns ja zu viel und wir brauchten uns auch. Ich brauchte Martin mehr als er mich. Jedenfalls kochten wir gemeinsam und nahmen alle Mahlzeiten gemeinsam ein. Wir konnten dabei plaudern und hatten doch Abstand voneinander. Manches Mal schauten wir auch gemeinsam das Fernsehprogramm an. Wir gingen gemeinsam ins Theater oder in die Oper. Es war locker und es gab nicht mehr so viele Streitigkeiten. Heute bin ich froh, dass ich nicht Hals über Kopf aus der Wohnung ausgezogen bin. Man stellte bei mir im September 2015 einen Tumor im Hals fest. Ich wurde wieder operiert und dabei versuchten die Ärzte so viel wie möglich zu erhalten und doch den Krebs zu entfernen. Wenn ich Martin nicht an meiner Seite gehabt hätte, wäre ich sicher nicht mit dieser Situation so gut fertig geworden. Er besuchte mich täglich im Krankenhaus und machte mit mir alle weiteren Gänge zur Bestrahlung und zu den Nachuntersuchungen nach meiner Entlassung. Ich war in einer schrecklichen Lage. Einige Monate hatte ich eine Tracheotomie. (Die Tracheotomie ist ein Zugang zur Luftröhre und dient der Sicherstellung der Beatmung des Patienten in spezifischen Situationen.) Es war mir in der ersten Zeit nicht möglich, gleichzeitig zu essen und zu sprechen. Die Wundversorgung war eine ganz Spezielle. Glücklicherweise wurde diese Kanüle nach vier Monaten wieder entfernt. Das größte Problem war nun nur noch die Speisenaufnahme, ich konnte sehr schlecht schlucken, da durch die Bestrahlung die Speichelproduktion gestört ist. Aber daran gewöhnt man sich und wird erfinderisch. Ich muss also beim Essen viel trinken oder Quark oder Joghurt dazu schlucken. Dann rutschen die Speisen besser herunter.

Martin war immer an meiner Seite. Selbst Alice sagte mir einmal, dass sie dies alles nicht könnte. Ich fühlte mich sehr krank, war verbittert und muffelte alle um mich herum an. Trotzdem war ich froh, dem Tod noch einmal entwischt zu sein. Auf dem Weg zurück ins Leben bin ich all meinen

Lieben sehr dankbar und genieße jeden Tag, als ob es mein letzter wäre. Das Leben nimmt seinen Lauf, und man weiß nicht, was alles noch kommen wird.

Und tatsächlich musste ich noch einmal operiert werden, da sich in der Schilddrüse Knoten gebildet hatten, bei denen die Gefahr bestand, dass es erneut ein Krebs sein könnte.

Auch dieses Mal war wieder Martin meine große Stütze.

Man hört so oft, dass an dieser heimtückischen Krankheit viele Partnerschaften zerbrechen.

Ich denke, dass ich sicher sein kann, dass es etwas mit Liebe zu tun hat, mit Achtung und mit gegenseitiger Rücksichtnahme.

Danke Martin und danke Alice und Alexander, stets hilfsbereit und danke Ulrike, die erst dann ihren Traum nach Amrum zu gehen wahr gemacht hat, als sie wusste, ich bin auf einem guten Weg in der Gesundheit.

Nachwort

Viele Menschen wünschen sich die ehemalige DDR wieder zurück, meine glücklichste Zeit jedoch begann, als ich der DDR den Rücken gekehrt hatte.

Man kann dafür verschiedene Gründe anführen. In den meisten Fällen vergessen die Menschen, welche schlechten Erfahrungen sie gemacht haben, weil sie Neues nicht zulassen möchten. Verschiedene Dinge waren einfacher für jeden, aber ob sie deshalb besser waren als sie im neuen System sind, weiß keiner so richtig. Die Verwaltung in der DDR war viel einfacher als in den meisten anderen Ländern. Dort wurde der Bürger verwaltet. Es geschah alles automatisch. Das wohl auffälligste im Aufbau des Staates waren die Leitungen der einzelnen Bezirke des Landes. Es wurde in dieser Diktatur alles zentral geleitet ohne Rücksicht auf territoriale Besonderheiten. In jedem Bezirk gab es den Bezirksbürgermeister und die einzelnen Mitarbeiter der verschiedenen Abteilungen. In der DDR gab es nur eine Krankenkasse, eine Sparkasse und eine große staatliche Versicherung. Man konnte sein Konto niemals überziehen. Also musste man genau planen, wie das Geld aufgeteilt wurde. Es gab keine Arbeitslose, da alle ein Einkommen brauchten, um sich zu ernähren, also hatte jeder irgendeine

Arbeit. Es kam natürlich auch vor, dass die Beschäftigten in den Betrieben nicht immer genügend zu tun hatten. Aber das nahm man in Kauf. Alles gehörte allen. Oftmals konnten Arbeiten nicht fortgeführt werden, da Materialien fehlten. Am 1. Mai wurde immer vor der Staatsmacht in langen Demonstrationszügen mit Fähnchen winkend vorbeigeschritten. Man bekam in seinem Betrieb genaue Anweisung, wann und wo die Menschen sich trafen und sich der Demonstration anschlossen. Der Leiter der Abteilung führte eine Anwesenheitsliste. Wer nicht an der Maidemonstration teilnahm, konnte damit rechnen, dass die Jahresprämie niedriger ausfiel als bei den anderen Mitarbeitern oder bei Urlaubswünschen Probleme entstanden. Wer sich gegen die herrschende Politik auflehnte, hatte in allen Lebenslagen schlechte Entwicklungsmöglichkeiten. Also hieß es immer vorsichtig zu sein. Im Freundeskreis wurden auch politische Witze erzählt oder Meinungen ausgetauscht. Alles was sich im Familienstand änderte wurde organisiert und von den Verwaltungen erledigt. Es wurde ein Buch für Sozialversicherung geführt, in dem festgehalten wurde welche Impfungen, welche Krankheiten, welche Verdienste und welchen Arbeitsverhältnisse man nachging. Bei der Geburt eines Kindes wurde vom Krankenhaus die Anmeldung eingeleitet. Wenn man das Rentenalter erreicht hatte, erledigten die Mitarbeiter der Personalabteilung die Anmeldung der Rentenversicherung. Bei Einkäufen musste man nicht überprüfen, wo es die günstigen Waren gab. Die Preise waren im ganzen Land gleich. Ein Brot kostete unter einer Mark, die Mieten der Wohnungen entsprachen etwa einem Zehntel der Mieten im Westen. Das Einkommen war auch niedriger. Die Waren wurden unterschiedlich verteilt. In der Hauptstadt Berlin und in den Einkaufseinrichtungen der Militärangehörigen Mitarbeiter wurden Südfrüchte, Fleisch- und Wurstwaren, Champignons und andere Delikatessen im größeren Umfang angeboten. Südfrüchte konnte man nur vor Weihnachten pro Person abgezählt kaufen. Werbung für Konsumgüter gab es so gut wie gar keine und wenn, wurde sie nur im Fernsehen gezeigt. Der Staat ließ Häuser langsam verrotten, riss Kirchen ab und Kulturdenkmäler rotteten vor sich hin. Wenn irgendwo ein Talent entdeckt wurde, erpresste man die Familie um zu sportlichen und staatlich verordnetem Ruhm zu gelangen. In den Kaderschmieden wurde flächendeckend gedopt.

Also jeder sollte versuchen, dort zu leben, wo es ihm am besten gefällt.